撲克遊戲
POKER GAME
Play or Die
夜間飛行 著
SUI 繪

目次

000 小丑

眼前是一條長長的通道。

左側是貼滿社團海報和公告的牆壁，以及三扇通往不同教室的門，右側是一整排窗戶，透過被雨水打溼的玻璃，可以看到外面櫻花盛放的中庭。

因爲下禮拜便是創校紀念日，通道的天花板拉起了一道又一道的三角彩旗，校園內到處掛著學生親手繪製的宣傳看板，每個角落都洋溢著青春氣息。

這裡怎麼看都是一條再平凡不過的校舍走廊——如果地上沒有屍體，空氣中沒有鐵鏽味，牆上也沒有血跡的話。

「該死……那居然是眞槍……我才不要……死在這種地方……」

一名戴著百達翡麗手錶的少年在血海裡狼狽地爬行，掙扎著逃離身後的人。

站在他後方的是一道頎長的人影，對方穿著跟他一模一樣的學生制服，顯然也是這所學校的學生之一。

詭異的是，那個人戴著讓人聯想到小丑的猙獰面具，容貌被完全遮蓋住，而制服上竟灑滿鮮血，手裡拿著一把造型有如塑膠玩具、卻具備眞正殺傷力的手槍。這把槍易於使用，連初學者都能立刻上手，此外還可射出一千發子彈。

「呼……呼……」

少年左邊的小腿和右邊的腳踝都中了槍，鮮血直流，每移動一步都異常吃力，彷彿是在泥沼裡頭游泳。平時不出十秒就能跑過的走廊，現在卻漫長得彷彿永遠都無法到達盡頭。

「該、該死的！」

名爲楊裕的少年不甘心地低罵，同時不得不認清自己在劫難逃的殘酷事實。

「不要殺我……我……我把撲克牌給你！」他只能選擇放下自尊，轉身向小丑求饒，「這……這是我找到的……都給你……求求你不要殺我！」

小丑瞄了一眼楊裕從口袋裡掏出來的撲克牌，卻是無動於衷，仍舊緩緩舉起了手裡的殺人武器。

「等……等一下！我還有其他東西可以給你！」

楊裕立刻又從愛馬仕短夾裡拿出一張黑色的卡片。

「你知道這是什麼吧？我把這個給你，你想買什麼都可以！」

小丑無視那張卡片，把槍口對準了楊裕的額頭，手指搭著扳機。

「不不不！你知道我爸很有錢吧？只要你肯放過我，無論想要什麼他都會給你！」

楊裕拚命地利誘，可是當他透過面具上的洞口對上小丑的眼睛時，忽然倒抽一口氣，血色一下子從臉上消失。

「你……你是……對不起！我錯了！我不該那樣說你！求求你原諒——」

砰！

震耳欲聾的槍聲把楊裕接下來要說的話殘忍地截斷。

他的頭顱被轟出一個赤紅的火山口，鮮血像岩漿一樣噴濺而出，手中象徵財富和地位的黑色信用卡被鮮血染紅。

在槍聲的餘響和煙硝味當中，小丑發現身後有些不對勁，迅速轉過身去，進入視野的是兩名長得一模一樣的少年，雙胞胎張佐和張佑。

他們是怎麼來到我身後的？

腦海裡剛掠過這個問題，小丑隨即在地上發現了答案——剛才他在走廊亂槍掃射的時候，這兩人恐怕是倒在地上裝死，再藉著雜物的掩護緩慢地移動至他後方。

「喝！」

看到跆拳道好手張佐抬腳的瞬間，小丑當機立斷扣下扳機，張佐使出一記旋踢，成功把小丑手裡的槍枝踢得老遠，然而他的腹部也不幸中彈。

「阿佑快點！」張佐忍著劇痛喊道。

已經繞到小丑後方的張佑馬上以皮帶勒住對方的脖子，再使勁收緊。

「我要殺了你！替大家報仇！」張佑怒吼。

身爲棒球投手的張佑臂力驚人，小丑用盡全力也無法掙脫，當張佑以爲自己就快要得手時，小丑卻掏出一把尖銳的菜刀，狠狠地往後連番刺進張佑的腹部。

「啊！」張佑痛得發出慘呼，忍不住鬆開了手。

張佐見狀大驚，他不顧腹部的傷勢，三步併作兩步衝到遠處的牆角，撿起那把被他踢掉的手槍。

「混蛋去死吧！死吧！欸？為什麼……」

張佐用力扣動扳機，扳機卻紋絲不動。因為這把手槍有特殊設置，只限持有者使用。

小丑重新奪回手槍，朝著雙胞胎兄弟連環掃射，在他們身上擊出多個血紅的殞石坑。

走廊上再無任何動靜，只剩下燃燒過的火藥味和令人作嘔的血腥味。遍地屍體與色彩繽紛的裝飾形成強烈反差，有如超現實主義畫家筆下的作品。

小丑在走廊靜靜佇立了一會，之後用食指沾了些屍體上的鮮血，在玻璃窗上逐字寫下一句話。

「你……為什麼要這樣做？」

一道苦澀的嗓音響起，小丑明顯全身一震。

他慢慢轉過身，望向出現在走廊盡頭的那名少女。

少女身材苗條，留著一頭鄰家女孩般的短髮，瓜子臉上是一雙黑白分明的大眼睛，眼底映著點點光芒，宛若夏夜的螢火蟲，卻散發著莫名悲傷。

雖然小丑以陰森的面具遮蓋了本來的面目，少女仍只需一眼就認出了他，因為從很久很久以前開始，他的身影就在她的心中烙下了永遠不可磨滅的印記。

小丑沉默不語，緊緊捏成拳頭的左手卻出賣了他。

過了一會，面具下傳出毫無抑揚頓挫、雨水般冰冷的聲音。

「我……認識妳嗎？」

少女聞言表情一僵，雙腳好似生了根一樣，呆立在原地。

小丑說罷轉身離開，彷彿不想與少女再有任何交集。

少女看向因雨水而模糊的玻璃窗，以及印在上面的血字，再也控制不住情緒，掩著臉失聲痛哭。

「對不起……對不起……」

001 重啟

「Oh, Alice, dear where have you been?
So near, so far, so in between
What have you heard?
What have you seen?
Alice! Alice! Please, Alice!」

舞臺帷幕被拉開，奇幻且帶著詭異氣息的旋律在寬廣的禮堂內響起，傳遍每個角落。

在合唱團逐漸拔高的和聲中，舞臺地板的機關緩緩上升，一名穿著三件式西裝、戴著長兔耳和半臉面具的少年出現在觀眾面前，隨著節拍跳起了優雅的舞蹈。

「Perhaps you should be coming back
Another day, another day
And nothing is quite what is seems
You're dreaming! Are you dreaming? Oh, Alice!」

歌詞來到中段時，禮堂和兔耳少年忽然被黑暗吞噬，兩、三秒後，黑暗又被光明撕裂。在聚光燈的照耀下，一名穿著粉藍色維多利亞風洋裝和白色膝上襪的少女，自舞臺的天花板翩然落下。

少女擁有一頭金光閃閃的秀髮，幾乎給人一種戴了皇冠的錯覺，她纖細的身軀被鋼絲吊著，在半空中靈巧地做出各種舞蹈動作，配合投射在後方布幕上的影像，使她彷彿掉進了一個光怪陸離的樹洞裡，正無止境地往下墜落。

「Did someone pull you by the hand?
How many miles to Wonderland?
Please tell us so we'll understand
Alice! Alice! Oh, Alice!」

（〈Alice's Theme〉詞、曲／Danny Elfman）

隨著最後一個音符被奏響，少女終於緩緩降落而下。

當她的鞋尖觸及舞臺地板的瞬間，禮堂裡幾乎每個人都屏住了氣息，像是怕自己呼吸聲太大會驚擾這神聖的一刻。

待少女完成最終的旋轉動作，並於舞臺上站定之後，觀眾席這才爆出一陣如雷的歡呼喝彩。

少女對著臺下優雅地鞠躬，露出一抹絕美的笑容。

♠ ♥ ♣ ♦

音樂劇的第一節彩排結束，所有人都聚集到舞臺上，眾星拱月似的圍繞著那名飾演愛麗絲的少女，此起彼落地讚歎著。

「委員長好棒！」「太厲害啦！」「眞不愧是委員長！」

少女名叫安羽柔，她擁有混血兒般的精緻五官和纖細身材，戴上金色假髮和藍色隱形眼鏡後，整個人活脫脫就是從仙境走出來的愛麗絲。

不只外表令人驚豔，安羽柔的學業和品行同樣十分出色，更是聖櫻高中二年B班的班級委員長。

除此之外，她還出身自富裕家庭，不過本人並不因此驕傲自大，內外兼具的她在同學和師長間均有很高的評價，深受大家喜愛。

「委員長的演出太精彩了！沒有班級會比我們更好！」

「沒錯！二年B班鐵定可以拿下創校紀念日活動的第一名！」

「委員長！委員長！委員長！委員長！委員長！」

聽著眾人齊聲不停歡呼，安羽柔臉上掠過一絲古怪的表情，宛如在努力壓抑著某種情緒，但下一秒又恢復一貫的溫柔甜美。

「是不是第一名有點難說……」一名男生低聲說，「聽說A班在體育館布置了一個巨大的鬼屋迷宮，參觀過的人都說超震撼，完全超越了高中生的水準。」

在聖櫻高中，二年A班和B班是人盡皆知的死對頭，這兩個班級在運動會、歌唱比賽、文化週等活動屢次交手，每次都鬥得難分難解。

爲了迎接下禮拜的創校紀念日，每個班級都要準備一項活動，A班的主題是鬼屋迷宮，B班則是改編版的《愛麗絲夢遊仙境》音樂劇。

今天雖然是週末，不過A班爲了拚進度，所有人都來到學校趕工，而B班得知後也不甘落後，趕緊號召了全體同學來進行彩排。

「什麼？你的意思是委員長精湛的演出會輸給A班的迷宮嗎？」

「鬼屋那種廉價的玩意兒怎能跟委員長的演出相比？」

「你就對B班和委員長這麼沒信心？」

在B班的眾人心中，委員長擁有女神般的崇高地位，容不得半點質疑。

「我只是說，A班的鬼屋迷宮也很……」在同學們咄咄逼人的質問下，發言的男生結巴起來，「那個……對不起，我的發言太不愼重了，我們班有委員長加持，當然會拿下第一名的。」

「大家請不要這樣。」安羽柔微微苦笑，「這齣音樂劇不是我一個人的舞臺，每位臺前幕後參與的同學都同等重要，缺少了任何一位同學，這場演出都不可能成功。」

「沒錯沒錯，委員長說得太好了！集結眾人的力量，一起奪取勝利的旗幟吧！」手執導演筒的男同學一副鬥志高昂的樣子，說出熱血漫畫裡才會有的臺詞。

「繼續彩排！下一幕是『淚水之潭』！」

啪嗒。

舞臺方向忽然傳來物品倒下的聲音，所有人紛紛轉過頭去，目光落在掉到地上的紙板背景，以及一名手足無措的男生身上。

他的身材瘦小，長著一張娃娃臉，鼻頭和臉頰均有雀斑，穿著以格紋呢絨外套、背心和長褲搭配而成的戲服，除此之外沒有太大的特徵，是很容易讓人過目即忘的類型。

這名男生的神情相當憔悴，眼睛下方帶著濃重的黑眼圈，顯得睡眠不足的樣子，與他所扮演的角色「睡鼠」倒是頗爲相稱。

「那、那個……」

他手忙腳亂地將背景板從地上扶起，卻不小心弄破了紙板。

「你居然把我辛苦做出來的背景弄破了？」負責製作背景板的鬈髮女孩看到這一幕，臉色都變了，「那可是花了我足足一個月才做出來的耶！下禮拜就是創校紀念日了，這下要怎辦？你說啊，韓品儒！」

被斥責的韓品儒低頭不語，其他人則是露出嫌棄且不耐煩的表情。

「你眞是有夠笨手笨腳！」鬈髮女孩的好友也替她抱不平，「昨天也是這樣，差點就把道具弄壞，拜託認眞點好嗎？」

「說起來前天你也把飲料灑到大家的服裝上，難道你是A班派來的間諜？」扮演白兔的男生跟著諷刺他。

聽著大家你一言我一語地指責，韓品儒只是垂下頭，沒有作聲。

「喂，你怎麼不說話？最少也要道個歉吧？眞是的！」鬈髮女生氣憤不已。

「沒錯！別想這樣蒙混過去，快跟大家說對不起！」其他人也附和。

「對、對不起……」韓品儒囁嚅著說。

這時，委員長安羽柔再度站出來打圓場。

「各位，我想品儒同學不是有意把背景弄破的，他已經道了歉，我們就別再爲難他了，好嗎？」

眾人雖然仍有不滿，但安羽柔都這麼說了，也只好作罷。

「品儒同學，你需要休息一下嗎？你看起來很累呢。」安羽柔擔心地問韓品儒。

「我……我不需要休息。」韓品儒依舊低著頭，「那、那個……謝謝妳。」

「沒關係。」安羽柔對他露出溫暖的微笑，像個關心弟弟的姊姊，「你轉學到這裡才兩個多月，應該還有許多不適應的地方，如果有什麼煩惱，都可以放心跟我說喔！」

韓品儒含糊地應了一聲，之後便沒再說話。

風波平息，他們繼續接下來的彩排，期間除了飾演柴郡貓的女同學不知去了哪裡以外，其餘環節都進行得相當順利。

當完成第七幕「瘋狂下午茶」的排演後，時間已是下午一點多，不少人都在喊累，身爲導演的男同學只好不太甘願地放大家休息去。

「各位同學，我替大家訂了餐點和飲料，不嫌棄的都來吃吧。」安羽柔笑著表示。

「委員長最好了！」「感恩委員長！讚歎委員長！」

彩排了這麼久，大家早就飢腸轆轆，聽到有食物都像小孩子一樣拍手歡呼起來。

班級委員會的其他成員——副委員長、體育委員和紀律委員——早就把桌子搬來排好，各種美食擺滿了桌面，堪比自助餐派對。

「品儒同學，你也辛苦啦，過來吃點東西吧。」安羽柔主動招呼韓品儒。

「謝、謝謝妳，可是……我不餓。」韓品儒婉拒了她的好意，「我、我想去外面走走。」

還沒走到禮堂門口，韓品儒便聽見有人在背後大聲批評他。

「嘖，那傢伙算哪根蔥啊？委員長對他這麼好，他還不領情。」

「那傢伙做事丟三落四，講話又會口吃，哪裡是睡鼠，應該讓他扮渡渡鳥才對。」

「我跟你們說，那傢伙好像跟去年在京司市發生的『聖楓高中大屠殺』有關，你們知道那個事件嗎？」

這個關鍵詞讓韓品儒全身一震，兩腳宛如灌了鉛一般無法移動分毫。

「哦哦！那個事件超轟動的，不過最近已經沒人討論了，大家好像被集體刪除記憶似的，超詭異。」

「我之前跟C班的朋友提起，他們都說沒聽過那件事，看著我的表情一副那是我編出來的樣子。」

「我弟前陣子對那個事件很熱衷，可是最近我跟他聊起，他竟然說不記得發生過那樣的事，還問我是不是漫畫看太多了，這怎麼可能嘛！」

「我爸媽也是這樣，嚇了我一大跳。要不是你們還記得那個事件，我差點要以為自己是活在另一個時空了。」

「是說，那是恐怖分子幹的吧？聽說他們帶著武器和爆裂物闖進了聖楓高中，當天是週末，所以學校裡只有回去補課的二年一班，結果全班有二十幾個學生被殺，超可怕！」

「不，那好像只是某些媒體不負責任的推測，這個事件一直沒有破案，還有謠言說兇手其實不是外來者，而是……學校裡的學生。」

「如果兇手是學生，那未免太恐怖了，到底為什麼要殺死自己的同學？」

「連同韓品儒在內，我們學校不是總共收了三個二年級的轉學生嗎？你們不覺得同一時間有這麼多轉學生很奇怪？聽說他們都是那個屠殺事件的倖存者，然後因為我們跟聖楓高中是姊妹校，辦學團體同樣是『獻己會』，於是教育部門就像扔掉燙手山芋般把他們扔過來了。」

「那個韓品儒是因為目睹同學被殺才變得神經兮兮嗎？還是說，他其實就是……兇手？」

「天啊，那我們也太倒楣了吧！我們班本來已經有個顏莉佳，現在又來個韓品儒，這裡乾脆改名叫聖櫻精神病院好了。」

「總之，我們要小心提防韓品儒和A班那兩個轉學生。說起來A班那女生來過我們班好幾次，好像就是想找韓品儒的樣子，她長得還滿漂亮的，只是臉超臭，而且聽說她身上有刺青，感覺很不好惹。至於另外那個男生應該來頭不小，老爸是社長，家裡有錢得嚇死人，而且曾經是成績全年級第一的優等生，在聖楓高中擔任學生會長和班長……」

韓品儒無法再聽下去，他加快了腳步離開禮堂，把議論拋在腦後。

聖楓高中位於京司市，聖櫻高中則是位於緊鄰京司市的一個市鎮裡，兩間學校的距離大概有一個小時的車程。

聖櫻高中的校舍主要分成H館、E館、L館、T館四個部分，命名的靈感來自從上空俯瞰校舍所看到的形狀。

普通教室在H館，特別教室如化學教室、音樂教室等集中在E館。L館是社團大樓，裡面包含了社團辦公室、樂團練習室等等，T館則是行政大樓，教職員室、播音室都在那裡。其餘設施還有禮堂、體育館、游泳池、運動場、中庭，以及已經封閉起來的舊校舍。

步出禮堂後，韓品儒來到學校的中庭。

暮春三月，正是櫻花綻放的時節。中庭裡漫天都是粉白色的飛花，宛如一群翩翩起舞的精靈，可惜韓品儒此刻並沒有欣賞美景的心情。他在櫻花樹下的長椅坐了下來，疲憊萬分地闔上眼睛。

「那個韓品儒是因為目睹同學被殺才變得神經兮兮嗎？還是說，他其實就是……兇手？」

莫名被誣衊是殺死同學的兇手，他感到無奈之餘，卻也不禁捫心自問，自己真的就是無辜的嗎？

雖然他不曾親手殺人，但他之所以還活著，是由於其他人的犧牲。踩著同學們的屍體活下去的他，跟殺人兇手眞的有分別嗎？

韓品儒從口袋掏出一張撲克牌，那是「塔羅遊戲」結束後，他在學校門口發現的。

當時門口附近總共有三張撲克牌，分別被他和另外兩名遊戲勝出者——宋櫻和李宥翔撿起。一拿到撲克牌，他們的手機就被強行安裝了名爲「撲克遊戲」的應用程式。

當他們以爲另一場殘酷的遊戲即將展開時，卻發現那個程式無法開啟，隨後他們收到一則簡訊，內容是有關接下來一段時間內的禁止事項。

這些禁止事項包括破壞撲克牌、刪除程式、更換手機、把遊戲的一切透露給任何人、自殺和殺害其他玩家，否則比死亡更可怕的懲罰將會降臨在他們和他們的家人身上。

之後，韓品儒等人被安排休學，不久又被強制轉學，來到了這間聖櫻高中。

韓品儒是獨生子，雙親長期在國外出差，他們並不曉得兒子就讀的學校出了狀況，校方也沒有通知他們。爲避免觸犯規則，韓品儒自然也並未告訴父母眞相，跟他們通電話時都努力裝出一副平安無事的樣子。

這幾個月來，他幾乎每晚都會做噩夢，夢見自己走在一個由無數巨大塔羅牌構成的詭異空間。

每張塔羅牌中都沉睡著一位死去的同學，「皇帝」、「戀人」、「力量」、「星星」、「太陽」……他們的容貌起初完好無缺，而後逐漸崩壞、腐爛、剝落，爬滿了蛆蟲，接著從牌裡爬出來，拖著支離破碎的殘軀向他索命。

他在空間裡奮力逃跑，卻遇上一名手持利刃的「惡魔」，心臟被其狠狠貫穿……最後，他在冷汗和淚水中驚醒，再也不敢入眠。

日復一日，他被噩夢折磨著，精神力和體力幾乎快被消磨殆盡，變得有如行屍走肉。他求生不得求死不能，只能渾渾噩噩地虛度光陰，等待那不確定何時會開始的遊戲。

韓品儒低頭注視手裡的撲克牌，那是一張黑桃A，黑桃的英語是「Spade」，意思是鐵鏟，據說某些版本的撲克牌則是用劍來代表黑桃。

這張牌就是死神抵在我脖子上的利劍，不知什麼時候會揮下……

韓品儒無法不這麼想。

♠　♥　♣　♦

「哈哈這傢伙眞是個廢物耶！」

「去死吧！噁心的蛀書蟲！」

某個方向隱約傳來嘻笑怒罵和拳打腳踢的聲音，韓品儒聞聲不禁一凜。

他走向聲音來源，原來是三名不良少年正在溫室裡霸凌一個男生。

那個男生身材偏瘦，膚色蒼白，厚重的瀏海下是一副大大的眼鏡，手裡抱著一堆課本和筆記，光看外表可說是完美地詮釋了世人對「書蟲」的刻板印象。

韓品儒不太記得這幾個男生是誰，不過今天來到學校的只有二年A班和B班，他們多半是A班的學生。

兩名分別把頭髮染成金色和紅色的男生把書蟲男當成沙包般毒打著，還搶走對方手裡的書。

「那些書……還給我……」

因爲嘴唇腫了起來，書蟲男有點口齒不清，比起被毆打，他似乎更在意書本被奪走。

「這些書你眞用得著嗎？反正你書念得再多，成績還不是一樣爛！」

「聽說你在上廁所的時候也會讀書？你的書有股臭味耶！」

「這傢伙該不會是對著生物課本的人體結構圖DIY吧？哈哈哈哈哈！」

兩名不良少年一邊極盡嘲諷地奚落書蟲男，一邊毫不留情地持續拳腳相向。

「人渣……」

這個詞突然從書蟲男的齒縫間迸出，聲音不大，卻是剛好可以被清楚聽見的音量。

剩下那名身材甚高、長相痞氣的藍灰髮男生一直在旁邊吸菸看戲，聽到這句話後，他走到書蟲男面前，猛力抓住對方的頭髮把人從地上扯起來。

「你知道嗎？今天不是上課日，我本來不想來學校的，但我怕你看不到我會寂寞，所以才來陪你玩玩。」

藍灰髮男生吐了一口煙到書蟲男臉上。

「你不領情就算了，還叫我人渣？看來我得教你一點做人的道理！」

下一秒，他把燒得通紅的菸屁股狠狠戳在書蟲男的頭皮上，書蟲男痛得面容扭曲，卻硬氣地不吭聲。

「快說謝謝啊！」藍灰髮男生一邊說，一邊繼續用菸屁股燙書蟲男，「你不懂得什麼叫感恩嗎？混蛋！」

「哈哈，人肉菸灰缸！」「承彥哥，等等也讓我試一下吧！」另外兩名不良嘻嘻哈哈的。

此時一群男女談笑著經過溫室，他們都是A班的學生，男的帥女的美，十分受同學歡迎，很多人都恨不得能打入他們的圈子。

這群人雖然看見書蟲男被霸凌，卻也一副幸災樂禍的表情，完全沒有出手援救的打算。

「怎麼傳來一股烤豬皮的味道？」其中一名女生用手在鼻子前搧了搧，「有人在吃烤肉嗎？」

「現在是午餐時間，可能有人肚子餓了。」她旁邊的男生笑著回應。

「說烤豬皮也太對不起豬了吧，這明明是燒垃圾的味道啊！」有個人這麼說，其他人聞言都笑彎了腰。

「垃圾就該待在垃圾場，來上學幹麼呢？」一名戴著名牌手錶的男生語帶譏諷，「反正在學校也沒半個朋友，每天上學只有挨打的份，如果是我乾脆死一死算了。」

「說起來，小螢妳不是跟那傢伙念同一間國小嗎？」一名女生好奇地問，「妳應該認識他吧？他以前就是這樣？」

書蟲男原本默默承受著不良少年們的霸凌，然而聽到這名女生的問題後，他忽然用力掙扎起來。

藍灰髮男生見狀，立刻狠狠把他按回去，使勁地用菸屁股在他身上燙出菸疤。

「其實我跟他不算認識……」被問到的短髮女孩含糊地回答，之後故意扯開話題，「對了，你們想喝飲料嗎？今天我請客吧！」

「好啊，我想喝香蕉牛奶！」「小螢個性這麼好，不會認識那種垃圾啦！」「會跟垃圾熟的只有蟑螂吧？哈哈哈！」

那群人的嘻笑聲逐漸遠去，短髮女孩小螢趁著朋友們不注意，回頭望了書蟲男一眼，臉上流露出複雜的表情，不過仍是跟著朋友離開了。

韓品儒雖然覺得書蟲男很可憐，但他不是會強出頭的類型，而且最近他爲了自己的事情已是心力交瘁，實在不想再多管閒事。他正要狠下心離開，腦海裡卻掠過某個女孩的臉龐。

那名女孩並不漂亮，卻擁有如星般閃耀的眼瞳，當她被霸凌的時候，他曾經懦弱地置身事外，結果間接釀成了一連串可怕的悲劇。

我要再次逃避，然後讓悲劇重演嗎？

想到這裡，韓品儒胸口一緊，終究還是決定展開行動。

他四下張望，發現有個可以利用的裝置，於是悄悄地走了過去。

他拿起一條管子，摸索著調整好噴嘴的位置，再趁著不良少年把頭轉過來時，看準機會一下子扭開。

啪沙！

「嗚哇！這是什麼……呸呸！」

「臭死了！怎麼一股大便味？」

三名不良少年被有機肥料噴個正著，身上沾滿了異味，臭氣沖天。

「是哪個傢伙做的？給恁爸滾出來！看恁爸不剝掉你一層皮！」

「我要吐了……快去廁所洗一洗！快去快去！」

見三人狼狽地衝向廁所，韓品儒不禁露出多日以來的首次微笑。

他從藏身的地方走出，撿起散落一地的書本，其中一本書的封面上寫著「時雨澤」三個字。

「你、你還站得起來嗎？」韓品儒向書蟲男——時雨澤伸出了手。

時雨澤抬起頭，鏡片後的視線與韓品儒相接。

剎那間，韓品儒以爲自己看到了兩潭死水，會有這樣的錯覺大概是因爲眼睛顏色的關係。這個名叫時雨澤的男生擁有一雙在東方人身上甚是罕見、烏雲籠罩似的灰色眼眸。

「謝謝……」

時雨澤用蚊鳴般的音量道謝，把書拿回後，便頭也不回地走了。

望著他垂肩駝背、沒有半點活力的背影，韓品儒突發奇想：透過那雙灰色眼睛所看見的世界，會不會也是灰色的？

隱約聽到不良少年們又跑了回來，爲避免被他們算帳，韓品儒也趕緊快步離開。

返回櫻花飄散的中庭時，一道熟悉的身影映入了韓品儒的眼簾。

那是一名身材高䠷勻稱、雙腿筆直修長的少女，明明穿著款式保守的學校制服，仍散發出時尚模特兒般的魅力。

她的左眼下方有兩顆小小的淚痣，長相雖然很美，表情卻有點冷漠。

韓品儒假裝沒看到她，轉身往另一個方向走去。

「站住。」冷冷的嗓音在背後響起，「一看到我就立刻逃走，你是想怎樣？」

被逮個正著，韓品儒老大不願意地轉過身，跟那名少女——宋櫻——相對而立。

「我沒有逃走。」他低聲說。

「是嗎？」宋櫻的嘴角揚起一抹習慣性的冷笑，「那前天在頂樓呢？上禮拜在走廊呢？還有上上禮拜在學校門口呢？」

韓品儒無法再辯解，只能沉默以對。

「你爲什麼不想看到我？」

「因爲每次看到妳……我都會想起塔羅遊戲，想起……所有死去的同學。」

聽了韓品儒的回答，宋櫻眼裡閃過一絲複雜的情緒。

「對不起。」韓品儒低聲道歉，之後便繞過她，直直往禮堂而去。

「對我視而不見，逃避『遊戲』的一切，這樣眞的好嗎？」宋櫻對著他的背影問。

「不這樣做的話，我會瘋掉。」韓品儒低喃，「我每天晚上都會夢見死去的人……我不想連白天也被噩夢糾纏。」

宋櫻沉默了一會，再開口的時候語氣變得柔軟了些。

「不管你願不願意，我們都還有一場硬仗要打，而逃避並不會增加我們的勝算。我能夠商量這些事情的對象只有你了，總不能找李宥翔吧。」

聽到這個名字，韓品儒的臉龐明顯抽搐了一下。

「再辛苦再難受，我們也得努力走下去。」宋櫻說，「總之有什麼事情都可以找我，我會在這裡等你的。」

韓品儒回過身，這是他這幾個月來第一次正眼看著宋櫻。他赫然發現，跟過去相比，宋櫻的雙頰明顯消瘦許多，臉色也黯淡了不少。

他不禁呼吸一窒，心裡有如被刺穿一個大洞。

這些日子以來，他只顧及自己的感受，三番兩次地避開她，卻不曾想過宋櫻也是遊戲的倖存者，所受的困擾不會比自己少。

一片花瓣飄然落在宋櫻的頭髮上，他不由自主地想幫她撥開，接著意識到這樣的舉動似乎過於親暱，於是尷尬地把手縮回去。

我和宋櫻只是同學，曾經一起共患難的同學，除此以外……什麼都不是。

這樣想著的時候，韓品儒突然感覺胸口鬱悶得難受，像是被沉甸甸的大石壓著，卻說不出是什麼原因。

不知不覺間，天色由湛藍轉成薄灰，最終雨點從天而降。

在衣服被雨水打溼之前，兩人的身影交錯而過，沉默著各自離開了中庭。

他們並不知道，剛才的對話已被某個躲藏在櫻花樹後的人盡收耳中。

♠ ♥ ♣ ♦

回到禮堂，除了委員長安羽柔、副委員長和另外兩位班級委員不知去了哪裡，大部分的人仍在三三兩兩地吃喝閒聊，誰也沒注意到韓品儒回來了。

禮堂的穹頂有扇維修中的巨大天窗，透過玻璃可看見外面烏雲密布，雨水像彈珠般重重撞擊著窗戶。

「下雨了！聽說晚上會有狂風雷暴，我們要不要快點回家啊？」

「可是還要彩排，今晚乾脆在學校合宿吧。」

下一秒，彷彿能撕裂耳膜的刺耳鈴聲驟然響起，徹底蓋過了眾人的交談聲，在廣大的禮堂裡迴盪。

「怎麼大家的手機都在響？而且都是校歌？」

「『應用程式已成功安裝』……這個叫『撲克遊戲』的遊戲是新推出的手遊嗎？」

「搞什麼飛機啊，大家的手機都自動下載了同一款遊戲，難道是集體被駭？」

這狀況跟三個多月前的塔羅遊戲如出一轍，韓品儒一下子變了臉色。

他立刻點擊手機裡撲克遊戲的應用程式，先前一直無法開啟，此刻卻能夠順利打開了。

下一秒，一隻打扮成小丑的毛線娃娃蹦跳著登場，畫面逼真得像是要衝破手機螢幕跳出來。娃娃憑空變出了一疊撲克牌，像拉手風琴似的把玩著，嘴巴一開一闔地用人工合成的語音說話。

「嗨嗨～聖櫻高中二年A班和B班的各位同學大家好，歡迎參加撲克遊戲！現在先來講解遊戲規則，大家都要仔細聽清楚喔♥」

小丑娃娃說完，俏皮地對觀眾送出一個飛吻。

「首先，這個學校藏了多張撲克牌，請大家把它們逐一找出來，之後記得登錄到手機的收集冊，確認持有權喔♥」

小丑娃娃一邊說，一邊做出把撲克牌拍向手機的動作。

「第二，當遊戲結束時，收集到最多撲克牌的三個人便是勝利者，只有他們可以通關，其他人統、統、都、會、死唷♥」

小丑娃娃倒在一灘血裡裝死，身上還插著一把假劍。

「第三，這個遊戲從今日下午三點開始，直到明日下午三點結束，總共二十四個小時，大家要好好把握時間喔♥」

小丑娃娃拿出一個巨大的懷錶，像《愛麗絲夢遊仙境》的白兔一樣匆忙地跑來跑去。

「最後，大家要當乖孩子，千萬不要離開學校的範圍，否則會有很、可、怕的懲罰喔♥以上，祝遊戲愉快，啾咪啾咪～」

殺戮的輪迴……終於又要開始了嗎？

看完這段開場動畫，韓品儒只感到一陣悲哀，無力的感覺向全身襲來。
「哈，這娃娃有點可愛耶，所以這個遊戲是眞的嗎？贏了會不會有獎金？」
「應該沒人會當眞吧？這種騙人的技倆有夠落伍的！」
「喂喂，無法解除安裝耶，該不會是中毒了吧？」
大家都在興致勃勃地研究著遊戲，但誰也沒把內容當一回事。這樣的反應可說是理所當然，任何頭腦清醒的人都不會將手機遊戲和現實世界混在一起。
「歹勢，我要提早離開。」一個叫洪朗熙的男生突然對大家說，臉上帶著歉意，「我的蛀牙痛死了，得去看牙醫。」
「沒關係，你去吧。」「嗯嗯，快點去把蛀牙治好吧。」
「那我先走嘍，明天會跟大家一起繼續加油的——」
「等、等一下！不要出去，現在離開學校會被殺死！」
韓品儒慌忙地喊，禮堂裡霎時鴉雀無聲。眾人面面相覷，數秒後爆出一陣響亮的笑聲。
「噗哈哈哈哈！你的表情好認眞，差點被你騙倒了！」
「哈哈，原來你也是會搞笑的嘛！不錯不錯！」
洪朗熙也以爲韓品儒是在開玩笑，於是打趣地說：「會被殺死是嗎？想不到看個牙醫也會小命不保。好啦，我眞的要去了，大家明天見。」
「不、不行！」韓品儒抓住他的手臂，「你、你一離開學校，就會因爲觸犯遊戲規則而死的！」

「好的好的，如果我再不去把蛀牙拔掉，也會因爲細菌感染而死……」

「我、我是說眞的！你會在踏出校門的那刻被五馬分屍！」

「喂喂，再掰下去就不好笑嘍。」

「你是有多希望同學被殺啊？亂講話也該有個限度吧。」

「對了，有人想吃零食嗎？我也順便出去替大家買點——」

「誰、誰都不准出去！」韓品儒放聲大喊，把其他人的聲音壓了下去。

一名身材高壯的男生再也按捺不住，走過去一把揪住韓品儒的衣領。

「我看你這傢伙不順眼很久了！一天到晚跟大家作對，欠修理嗎？嗄？」

「我、我知道這很難讓人相信，不過這個遊戲是玩眞的，假如不遵守規則的話會被殺死！」韓品儒焦急地說，「對、對了，手機訊號就是證據！這、這個遊戲開始後，手機就收不到訊號了！」

大家都露出疑惑的表情，有幾個人按他的話檢查起手機。

「咦？眞的收不到耶！該不會眞的是……」

「別犯傻了，我們學校位於郊區，手機訊號本來就弱得要命，很多時候都收不到。」

「除、除了手機沒有訊號，一般電話也不能用！」韓品儒不死心地繼續說服，「不、不然也可以檢查電腦的網路，現在已經沒辦法跟外界聯繫了！」

「你眞的很煩耶！」一名女生插著腰，「要玩遊戲你自己去玩，不要強逼大家陪你！」

「等一下，你叫大家玩遊戲，該不會是因爲這個遊戲是你傳給大家的吧？你到底是什麼居心？」另一名男生也說。

「不、不，我只是不希望大家被殺——」

「你還胡說八道！」

耐性被磨光的高壯男生掄起巨大的拳頭，一下子把韓品儒打倒在地。

禮堂裡響起女生們的尖叫，不等韓品儒爬起來站直，高壯男生又狠狠踢了他肚子一腳，令他撞上觀眾席的座椅。

所有人眼睜睜看著韓品儒被暴力相向，卻沒有半個人上前幫忙，反而還在旁邊推波助瀾。

「做得好！這種傢伙就是要給點顏色瞧瞧才知道好歹！」

「沒錯，不給點教訓他是不會收斂的！」

韓品儒嘴角流血，被毆打的部位火辣辣地疼痛著，與之相反的，是逐漸變得冰冷的心。

他已經提出了警告，既然這些人不肯聽進去，之後發生什麼事也不能怪他了。

看完韓品儒被修理，所有人像電影散場後的觀眾般紛紛走開，有人臨去前還故意賞了他一腳。

韓品儒明白自己繼續賴在這裡只會惹人厭，於是他撐著傷痕累累的身體，緩緩朝禮堂門口而去。

少了他的禮堂內，再度響起了歡樂的笑鬧聲。

♠ ♥ ♣ ♦

離開禮堂，韓品儒帶著鬱悶的心情前往校舍其他地方，一心只想離其他同學越遠越好，最好能找個安靜隱密的地方躲起來，把自己和一切隔絕。

此時手機突然響起，打開後只見通知欄裡多了句「您有一則未讀訊息」，傳訊人是宋櫻。雖然遊戲開始後，眾人和外界的聯繫管道會被徹底切斷，手機的通訊軟體也無法使用，但玩家之間仍可以透過遊戲內的簡訊系統來互傳訊息。

「遊戲開始了，我現在過去禮堂找你，等我。」

即使兩人會合又怎樣？再次合作收集卡牌，跟其他人鬥個你死我活嗎？

韓品儒想著，黯然嘆氣。他已經不想再投入任何跟卡牌有關的鬥爭了。

「喵～」

身後忽然傳來聲音，韓品儒一轉身，映入眼簾的是一名穿著紫色條紋蓬蓬裙、頭戴貓耳、身後拖著毛茸茸大尾巴的雙馬尾女孩。

她的身材嬌小，完全是所謂的幼兒體型，帶點嬰兒肥的臉蛋非常可愛，圓圓的大眼睛如寶石般閃閃發亮——光看外表，比起高中生她更像是小學生。

「嘻嘻，遊戲要開始啦，莉佳好興奮喵～」

她的聲音和外表一樣孩子氣，卻莫名散發著邪惡氣息。

韓品儒記得她叫顏莉佳，也是B班的學生，傳聞她曾在國小時用美工刀重傷同學致死，之後在兒童醫院接受了長時間的隔離治療，直到最近才重返校園。

班上同學都像避瘟神似的避著她，她本身也不合群，明明在音樂劇裡被安排了柴郡貓這個角色，彩排時卻不見蹤影。

「妳、妳相信這個遊戲是眞實的？」韓品儒問。

「爲什麼不相信呢？」顏莉佳笑嘻嘻地說，雙手作貓爪狀，「神一定是聽到了莉佳的祈禱，於是把這個遊戲賜給了莉佳～終於可以再喝到草莓汁，莉佳好幸福喵～」

一個外貌可愛得宛若從二次元走出來的女生，居然說出如此殘忍詭異的話語，這種落差令韓品儒忍不住惡寒。

「草、草莓汁？這跟遊戲有什麼關係？」

「你喜歡甜食嗎？」

「欸？」

「莉佳以前可是很討厭甜食的喔，大家一邊說著『好幸福喔』一邊吃著甜食，讓莉佳覺得很不可思議～因爲無論是巧克力、冰淇淋、馬卡龍、棉花糖、可麗餅，還是水果塔，莉佳都覺得淡而無味，完全嚐不出甜的感覺喵～直到某一天，坐在莉佳旁邊的小鈴被美工刀割傷了，流了很多草莓汁，聞起來好香好香，莉佳舔了才發現，啊啊，原來這就是甜味！莉佳想再喝，可是小鈴卻哭著推開莉佳，於是莉佳只好用美工刀把她的脖子劃開，讓更多的草莓汁像噴泉一樣湧出來喵～」

下一秒，顏莉佳冷不防以快得驚人的速度逼近韓品儒，踮起腳尖，像小貓舔牛奶一樣舔掉他嘴角的血跡。

「你的草莓汁也好甜喵～」

韓品儒嚇得踉蹌後退，眼神流露出恐懼。

「莉佳好想現在就盡情喝你的草莓汁喵～」顏莉佳粉紅色的小舌舔了舔嘴唇，甜甜地笑著，「不過莉佳要做乖孩子，最喜歡的東西要留到最後才吃，在莉佳喝掉你的草莓汁之前，你要努力活著喵～」

說完，她一邊哼著〈Humpty Dumpty〉的曲調，一邊小跑步離開了走廊。

她人是走了，帶來的不愉快感覺卻在韓品儒心上縈繞，就如柴郡貓的身軀消失後，仍會留下笑容一樣。

♠　♥　♣　♦

焚化爐房位於校園偏僻的一角，從去年開始便基於環保而廢棄不用，現在已經變成普通的倉庫。裡面放滿了雜物，基本上不會有人進去，可說是藏身的好地方。

雨勢不斷增強，當韓品儒正要冒雨前往焚化爐房時，聽見校門那邊傳來了慘叫。

不祥的預感襲上心頭，雖然他不想再理會遊戲的事，雙腳卻不由自主地走了過去。

來到校門口，只見地上有團鮮紅色的不明物體掙扎著翻滾扭動，猶如被活活扒皮的鰻魚。再仔細觀察，那居然是個全身皮膚被剝掉的人，由於底層鮮紅的肌肉直接暴露在空氣之中，整個人看起來才會是紅色。

「啊啊啊啊啊啊啊！」

即使在上一場遊戲早已看慣血腥的場面，這樣殘忍的死法仍是讓韓品儒極爲震驚，刹那間心跳似要停頓。

那個人痛苦掙扎了好一會才斷氣，韓品儒顫抖著拿出手機想確認對方的身分，卻發現這次的遊戲跟上次不同，沒有跳出死亡確認的訊息。

幾個男女同學聞聲往校門這邊聚集過來，A班和B班的學生皆有。

一看到那具血肉模糊的人體，他們無不驚惶失措，有人尖叫、有人嘔吐，還有人嚇得當場失禁。

一名B班的男生指著血泊中那個黑色的書包，滿臉恐懼。

「那、那個書包是洪朗熙的，難道這個人就是……」

有個女生聽他這麼說，立刻昏倒在地。

「騙……騙人吧？這居然是洪朗熙……到底是誰做的？」

「等一下，難道剛才我們收到的遊戲規則……是玩眞的？」

所有人都變了臉色，B班的人更是一致把目光投向韓品儒。

「我、我早就警告過你們了……」韓品儒的語氣沉重而苦澀，「這、這就是……違反遊戲規則的懲罰……」

「這個遊戲是玩眞的？可是……爲什麼是我們？我們做錯了什麼嗎？」

「我們不可能無緣無故被選中，這肯定有什麼原因……」

「韓品儒，你對這個遊戲這麼熟悉，是不是因爲之前玩過？」

「說起來韓品儒之前讀的學校死了很多人，該不會是跟這個遊戲有關吧？」

「我們之所以被捲進這個遊戲，都是因爲韓品儒吧？」

眾人一個個把矛頭指向韓品儒，向他興師問罪。

「我、我雖然曾經玩過相似的遊戲，不過我跟大家一樣都是受害者……」

韓品儒急忙爲自己辯護，但是從眾人臉上的表情來看，他們顯然都不相信他是清白的。同學們目露凶光，向韓品儒步步進逼，宛如要把他生吞活剝。

見情況不對，韓品儒馬上轉身逃跑。

「他是畏罪潛逃！」

「快去追他，不要讓他跑了！」

韓品儒往運動場的方向拚命地跑，下雨令地面變得溼滑，害他很快摔了個四腳朝天。他趕緊爬起來繼續跑，不小心弄倒了架設在運動場上的攤位，歪打正著地拖住追兵。

逃進運動場旁邊的E館後，他一次跨越數個階梯奔上二樓，隨即感到背後有人靠近。

他想回頭去看是誰，頸部卻在刹那間被細小尖銳的東西刺中。全身肌肉急遽收縮，在無法言喻的痛楚之下，他的腦袋變得一片空白——

002 紅心王后

伴隨著抽搐似的疼痛和噁心的感覺，韓品儒緩緩睜開了眼睛。

像戴了度數不合的眼鏡，看出去的東西都朦朦朧朧的，等視線聚焦後，他首先看見的是一個放滿雜物的架子。

環顧四周，他發現自己身處的地方亂糟糟的，散落著各種物品，天花板吊著一盞白熾燈，沒有任何通風的窗口，空氣頗爲潮溼。

我怎麼會來到這裡？對了，我的脖子好像被某種東西……

韓品儒一邊想著，一邊下意識地要去摸脖子，這才發現自己被人用封箱膠帶禁錮在一張椅子上，雙手雙腳被包得嚴嚴實實，動彈不得。

他嘗試說話，卻礙於嘴巴也被膠帶封了起來的關係，只能發出含混不清的聲音。

房間的門「咿啞」一聲打開，有人走了進來，是愛麗絲、紅心女王和撲克牌衛兵——不，應該說是委員長安羽柔、副委員長柏詩妍，以及兩名擔任班級委員的男生。

「你醒來啦。」

安羽柔對韓品儒露出微笑，嘴角的酒窩十分可愛，她的眉眼彎彎，聲音溫柔得宛如可以掐出水來。

「你一定很疑惑自己怎麼會在這裡吧？這是因爲我有些事情想問你，但怕你不肯如實奉告或逃走，於是只好把你『請』來這裡。」

韓品儒的眼神充滿驚訝，讓他猜上十次，他也不會想到綁架自己的人居然是安羽柔。

「等等我會撕掉你嘴上的膠帶，問你一些問題，請你務必合作，否則……」

站在安羽柔身旁的體育委員亮出一把看似是手槍的武器。

「別怪我們不客氣。順帶一提，這把電槍經過改裝，如果使用得不小心，把人電死也不是沒有可能。我想你也不希望有這種『不小心』發生吧？」

韓品儒眼中浮現懼意，僵硬地點了點頭。

看到他的反應，安羽柔笑得臉上的酒窩更深了，她示意紀律委員撕掉韓品儒嘴上的膠帶。

「那麼告訴我所有關於撲克遊戲……還有塔羅遊戲的事。」

韓品儒吃驚不已，「妳、妳怎麼會知道……塔羅遊戲？」

「給你一個忠告吧。」安羽柔嘴角的弧度維持不變，「聊重要的事情時，最好先確認四周有沒有人喔。」

安羽柔瞟了身後的副委員長一眼。

副委員長柏詩妍留著一顆磨菇頭，戴著黑色粗框眼鏡，臉頰有幾顆痘疤，身材微胖，不起眼的外表跟安羽柔形成強烈對比。

由於在音樂劇裡飾演紅心王后的關係，她穿了一襲宮廷風洋裝，跟她樸素的氣質格格不入。性格膽小懦弱的她，總是和小跟班一樣跟在安羽柔後面。

「我……剛才聽到你和A班的一個女生在中庭那邊聊天。」柏詩妍蚊鳴似的小聲說。

「告訴我，塔羅遊戲和撲克遊戲究竟是怎麼回事？這是你搞出來的嗎？你的目的到底是什麼？」安羽柔連珠砲般質問。

「塔、塔羅遊戲是一個應用程式，某天就突然出現在我們班上所有人的手機裡，如果不按規則去進行遊戲的話會死。如、如無意外，這個撲克遊戲也一樣。」韓品儒據實回答，「我、我不知道這些遊戲爲什麼會出現，但我可以發誓不是我弄出來的。」

安羽柔的眉心打了個結，「不是你搞出來的？」

韓品儒點點頭。

「品儒同學，我無意傷害你，只要你跟我說實話。」

韓品儒一愣，「我……我說的都是實話啊。」

「你其實就是遊戲的幕後黑手吧？即使不是幕後黑手，也很可能是他們的同黨。你到底有什麼陰謀？快說！」

「我、我眞的不是幕後黑手，我跟大家一樣都是遊戲的受害者！」韓品儒臉色蒼白地抗辯。

「既然你這麼不合作，我只好小懲大戒了。」說著，安羽柔對體育委員下令：「用電槍電他。」

「可是……他不像在說謊。」體育委員面有難色，「而且遊戲已經開始了好一段時間，除了我們以外的人都去尋找撲克牌了，我們是不是也應該……」

「是不是說謊，下判斷的人是我吧？」安羽柔冷冷地駁斥，「我們必須弄清楚遊戲的眞相，韓品儒很明顯是了解內情的人，哪怕使用再強硬的手段都得讓他把眞話吐出來，這就是所謂的必要之惡。」

接著，安羽柔湊近體育委員耳邊低聲說了句話，體育委員露出複雜的表情，微一咬牙，拿著電槍走向韓品儒。

「啊啊啊啊啊啊啊啊啊！」

電流通過全身的瞬間，彷彿有無數尖針同時刺進肉裡，韓品儒痛得臉孔扭曲，發出了悲鳴。爲防他一下子暈過去而無法繼續盤問，電流的強度被巧妙地控制著，但是韓品儒寧願對方直接使用最大的強度，讓他可以乾脆地暈過去少受痛楚。

「肯說實話了嗎？」安羽柔問。

「我……我說的……都是實話……」韓品儒不受控制地流出與悲傷無關的淚水，連唾液也從嘴角溢出，「我……我眞的是無辜的……你……你們不要……浪費時間在我身上……」

「那我只能再電了。」安羽柔的嗓音冰冷至極。

韓品儒慘叫著不斷掙扎，連人帶椅翻倒在地上，整個人像被欺凌的幼小動物般不斷顫抖抽搐，被電得紅腫的部位隨著脈搏一下一下地發痛。

任何有點良心的人見了他這副慘狀，都不會忍心再虐待下去，可是當韓品儒將被淚水模糊的視線投向安羽柔時，卻發現她居然在笑。

那白皙的雙頰蒸得通紅，溼潤的眼眸射出了異樣光芒，顯得異常亢奮。

「繼續電！」

在安羽柔絕對的命令下，韓品儒接連遭受電擊，痛得在地上不住打滾，還嘔出了胃液。

「對……對不起……我……真的……電不下去了……」體育委員快要哭出來了。

「算了，我自己來。」安羽柔撇下嘴角，「你們都給我出去外面守著。」

一聲令下，副委員長、體育委員和紀律委員便逃也似的離開了房間。

「妳……妳到底……為什麼要這樣做……」韓品儒喘著氣問，「這……這樣做對妳有什麼好處……委員長……」

「不要叫我委員長！」安羽柔咬著牙，「這個該死的頭銜害我每天都得戴著面具做人，無時無刻都要裝出優等生的樣子……我受夠了！為什麼我做任何事都必須符合大家的期望？為什麼我要為了滿足別人而活著？我是任人擺布的提線木偶嗎！」

她越說越激動，口沫橫飛，眼白迸出了紅筋。

「看到別人痛苦受傷，我才能找回活著的感覺！哭泣、慘叫、流血……只有這些才能刺激我的感官，讓我知道自己是個有血有肉的人！」

安羽柔拿著滋滋作響的電槍走到韓品儒面前，狀似癲狂地俯視著他。

「你是幕後黑手也好，不是也罷，我現在想做的……」她把電槍的尖頭直接刺進韓品儒的肉裡，「……只有狠狠教訓你！」

電流傳遍整個身體的剎那，韓品儒只感覺渾身的血肉乃至內臟，甚至是細胞，全都在沸騰、全都在燃燒，痛苦得只想立即死去。

他的目光失去焦距，和離水的魚一樣張大了嘴巴，想慘叫卻連聲音也發不出。

「叫啊！大聲叫出來啊！讓我聽聽你的慘叫聲！」

安羽柔滿臉戾氣，美麗的五官扭曲成醜惡的模樣，宛如被妖魔附身。

再這樣下去肯定會被殺死，韓品儒拚命思考著應對方式，不久又再度遭受電擊。他像瀕死的蝦子般重重彈了一下，之後再無動靜。

「快起來！不要給我裝死！」

嗒、嗒。

「嘖，沒電了嗎？」安羽柔咂了下舌，不斷推動開關。

韓品儒馬上抓緊機會，利用僅餘的力量從地上彈起，連人帶椅撞向安羽柔。

「啊！」安羽柔被他撞倒，後腦重重磕在地上。

聽見她的慘叫，待在門外的體育委員緊張地問：「委員長！妳還好嗎？」

「你們進來，用什麼都好，給我狠狠地修理這傢伙！」安羽柔摸著後腦，憤怒地下令。

在外面守候的三人魚貫進入房間，體育委員和紀律委員先是猶豫地互看一眼，而後還是拿起了放在房間角落的鐵棒。

正當他們要揮棒的時候，某處突然傳來數下放鞭炮般的巨響。

「發……發生什麼事了？」

膽小的柏詩妍戰戰兢兢開口，體育委員和紀律委員亦露出不安的神情，安羽柔則是皺起眉頭。

「你們兩個把韓品儒綁在那邊的水管，跟我出去看看發生什麼事。」安羽柔先是命令體育委員和紀律委員，接著又威脅柏詩妍，「妳留在這裡看守韓品儒，要是出了岔子……妳爸就準備被解僱吧！」

柏詩妍臉上流露出的恐懼令安羽柔十分滿意，他們離去後，房間裡便只剩下韓品儒和柏詩妍兩人。

被折磨得奄奄一息的韓品儒臉上沾滿了眼淚鼻涕口水，衣服也被嘔吐物弄髒，全身紅一塊青一塊紫一塊，整個人根本是一團擦完調色盤再被扔到髒水裡的噁心抹布。

柏詩妍用害怕且帶點嫌棄的眼神瞧了他一眼，像怕被他汙染似的盡可能地遠離他。

她這樣的態度對韓品儒來說是求之不得，趁著她的注意力不在自己身上，他艱難地挪動受傷的手腕，從口袋裡拿出手機。

雖然不是很願意，但他現在只剩下向其他人求救這條路可走了。

安羽柔大概是認爲用膠帶奪走他的行動力已經足夠，所以沒對他進行搜身，她的大意成了韓品儒的救命稻草。

所以，這裡到底是什麼地方呢？

整個房間擺滿了各式各樣的物品，包括紙箱、課本、桌椅、運動用品、社團道具等等，這類儲物室在學校各處都有，室內又沒窗戶，無法透過外面的景色尋找線索，實在很難判斷是在哪一間。

韓品儒繼續細心觀察，發現天花板、牆壁，以及地面上均布滿了某種東西，此外房間的溫度和氣味也使他產生了某個聯想。

心裡有了想法，他立即對柏詩妍說：「那、那個……」

「你不要跟我說話，我不會放了你的！」柏詩妍一臉緊張。

「我……我不是要妳放了我……我只是想喝點水……我、我有點撐不下去了……」

最後那句話讓柏詩妍微微動搖，如果韓品儒在安羽柔回來之前死去，安羽柔就會少一個發洩的對象，可能會因此把怒氣轉移到其他人身上，例如她。

「好吧，我幫你拿水……假如你膽敢亂來，委員長絕對饒不了你！」

等她一離開，韓品儒連忙用手機傳送簡訊。

過了一會，柏詩妍帶著裝了水的塑膠瓶回來，韓品儒喝了水後，精神振奮了些。

「謝、謝謝妳，那個……」

「我已經給你喝水了，不要再有其他要求！」

「我、我不是想要求什麼，我只是想說，安羽柔的腦袋肯定不正常，你們沒必要陪她起舞，除非……你、你們被她抓住了什麼把柄要脅。」

柏詩妍聞言表情一僵，之後垂下頭來。

「既然你猜到了，那就不要說這種話了……我們三個是絕對不能違抗她的，我爸是她爸的下屬，體育委員和紀律委員則是家裡向她爸借了一大筆錢……只要這些關係仍然存在，我們就只能服從她，哪怕是再無理的要求……」

想起安羽柔的殘忍，她忍不住抱著雙臂發抖。

「我也知道她腦袋不正常……之前她叫我去抓流浪狗……讓她用電槍虐待牠們……那些

狗不是被她弄死，就是半死不活……我明白這是不對的，可是我眞的不敢反抗她……她簡直是惡魔……」

韓品儒沉默了一會，「妳、妳口中的那些關係，在這個遊戲裡其實一點都不重要。打、打從遊戲開始的那刻起，這裡就不再是我們熟悉的學校，而是名為『撲克遊戲』的戰場。在、在這個戰場上，誰擁有撲克牌，誰便是支配者。」

「說到撲克牌，其實我剛才也發現了好幾張，我還滿擅長找東西的……不過我沒有告訴委員長。」柏詩妍表示，接著又問：「遊戲規則裡提到除了通關者以外的人都會死……這是眞的嗎？」

韓品儒嘆了口氣，「我、我也希望這一切都是假的。」

此時外面隱約傳來腳步聲，有人正朝這裡走近。

「委員長回來了……」柏詩妍喃喃地說，走向儲物室門口。

開門的瞬間，她的頭部被以皮革包裹的金屬短棍「黑傑克」擊中，連慘叫也來不及發出便頹然倒地。

♠ ♥ ♣ ♦

「謝謝妳……宋櫻。」

再次見到宋櫻，韓品儒有種恍如隔世的感覺，幾乎不敢相信自己從鬼門關裡逃了出來。

他稍早傳訊求救的對象正是宋櫻，而宋櫻能夠找到他身處的地方，即證明他所料不差。

他透過房間的霉斑和水跡，以及比其他地方稍低的溫度，推測出這裡是位於E館的倉庫，也是整個校園裡唯一位於地下的儲物室。

「你這副鬼樣子是那個戴眼鏡的女生弄的？」宋櫻問韓品儒。

「不，她只是受人指使，真正的壞人是B班的委員長安羽柔。」

韓品儒向宋櫻說明了前因後果。

「這間學校裡居然有這種失控的瘋子，看來這次的遊戲恐怕會比上次更加棘手。」宋櫻忍不住皺眉，「對了，我剛才研究了一下撲克遊戲，發現了一些東西，可能會是致勝關鍵——」

韓品儒打斷她，「勝出或落敗……對我來說已經無所謂了。」

「你不想活下去嗎？」

「我不想再經歷一次同學間的自相殘殺了……」韓品儒垂著頭，「如果非要跟大家戰鬥不可，活下去也沒有意思。」

「如果你真的不想活下去，那幹麼叫我來救你？」宋櫻冷冷地問，「既然還有求生意志，那就不要輕言放棄。不想戰鬥卻想活下去，哪有這麼便宜的事？」

一如以往，宋櫻的話總讓韓品儒有種被當頭棒喝的感覺。生存和戰鬥往往是不可分割的兩件事，生存即戰鬥，戰鬥不是爲了掠奪他人的性命，而是爲了守護自己和重要的人。

韓品儒怔怔地注視著宋櫻，沉默了一會，他才低聲說道：「妳說的沒錯，我……其實是想活下去的。為了生存，我不能逃避戰鬥。」

「你不是單打獨鬥，我也在這裡。」

宋櫻淡淡地說，語氣中帶有一絲幾不可察的溫柔。

「回到撲克遊戲吧，這個遊戲似乎跟塔羅遊戲大致相同，都有用來登錄卡牌的收集冊。起初我以為只要持有任何一張撲克牌就能使用異能，但仔細研究後，才發現應該要先湊齊特定的卡牌才可以使用。」

宋櫻把自己手機裡的收集冊展示給韓品儒看，畫面上總共有九排欄位，每排有五個空白的位置，此外還有一個欄目叫「可使用撲克牌」，上面有紅心Q和梅花3各一張。

「紅心Q是塔羅遊戲結束後我在校門口撿到的，梅花3則是剛才在校舍裡找到的，你也把你的撲克牌登錄進去吧。」

韓品儒依言動作，之後看著自己的手機螢幕，仔細地思索起來。

「每排都有五個空位，也就是可登錄五張撲克牌……」韓品儒喃喃地說，「五張……難道是跟『牌型』有關？」

「原來你也知道牌型，看來你對撲克牌不是沒有了解。」宋櫻說，「我記得五張換、梭哈、德州撲克之類的撲克牌遊戲，都是用五張牌的組合來決勝負，這個遊戲大概也差不多。」

「其實我對撲克牌的認識還好，只是……之前稍微研究過。」

韓品儒語帶保留，他並未道出自己寫過一篇叫〈玩牌的人〉的故事，並為此搜尋了撲克牌的相關資料。

「如果沒記錯的話，所謂的牌型總共有十種。」韓品儒掰著手指數，「從大到小分別是『皇家同花順』、『同花順』、『四條』、『葫蘆』、『同花』、『順子』、『三條』、『兩對』、『一對』和『散牌』。」

宋櫻點點頭，「如果這個遊戲只使用一副撲克牌，那麼撲克牌的數量就是五十四張，但A班和B班的學生加起來超過七十人，僧多粥少，要是我們再不行動就會太遲了。」

隨後，他們從E館的一樓開始，逐個樓層、逐個教室地尋找起撲克牌。可惜過程沒有他們想像中順利，花了好一段時間依舊毫無收穫。

「對了，我剛才忘了在遊戲裡發訊息很危險，我應該沒害妳暴露行蹤吧？」韓品儒突然想起這件事。

「沒關係，這次的遊戲跟上次不一樣，收到訊息不會有提示音，而且我剛才也沒有處在危險之中。」宋櫻搖頭。

當他們踏進五樓走廊時，隨即被眼前所見嚇了一跳，只見地上有多具被子彈貫穿的屍體，場面慘烈得像戰場一樣。

「他們是……被人開槍射殺的？」韓品儒忍不住顫抖，「這到底……」

「這麼說來，先前這邊確實傳出了類似開槍的聲音。」宋櫻神色凝重，「如果是有人帶了槍到學校，那未免太剛好了，而且槍械不是那麼容易弄到的東西……我猜應該是遊戲裡的異能之一。」

「那邊的玻璃窗……好像寫了一些字？」

韓品儒走近查看，只見玻璃上用鮮血寫著「I'LL KILL YOU ALL」，一筆一劃都散發出強烈的殺意，讓人不寒而慄。

接著他們檢查地上的屍體，發現其中一名男生手裡拿著撲克牌。

「爲什麼那個開槍的人沒有把這張牌拿走？」韓品儒相當納悶，「難道……他殺人的動機不是爲了搶撲克牌？」

「看來是這樣。」宋櫻稍稍皺眉，「不是爲了搶奪撲克牌而殺人，而是單純想把其他人殺死……這種不講道理的人最是危險，我們行動時要更小心點。」

完成E館的搜索，他們轉往四幢校舍中規模最大的H館。

H館的前身是兩座獨立的校舍，分別稱作東棟和西棟，後來兩座校舍間建了連接的天橋，這才形成H字型的龐大建築。

韓品儒和宋櫻以東棟的一樓爲起點開始搜尋，來到五樓往六樓的樓梯間時，他們注意到地上有點點血跡，一直延伸至六樓的走廊。

兩人沿著血跡來到一個櫃子前方，櫃門並未上鎖，一打開便看見一名身穿白兔戲服、受傷流血的男生。

「不！不要殺我！」對方害怕地抱頭求饒，「求求你們！」

這名男生正是在二年B班音樂劇裡飾演白兔的梁朔，兩人好不容易稍微安撫了他的情緒，讓他終於肯離開櫃子，並且把躲在這裡的原因告訴他們。

「剛才……我被一個奇怪的小丑追殺……他一看到我就二話不說開槍……」梁朔心有餘悸，抱著雙臂直發抖，「他還在到處找我……我一定會被他殺死！」

「小、小丑？」韓品儒一頭霧水，「什、什麼小丑？」

「這個遊戲到底是怎麼回事？」梁朔激動地猛搖韓品儒的肩膀，「不是只要收集撲克牌就不會死嗎？爲什麼會有那種殺人魔？韓品儒你是知道什麼的吧，快說啊！說啊！」

「你、你先冷靜一點……」

下一秒，梁朔的表情突然僵住，他瞪圓了眼睛，驚恐地盯著韓品儒和宋櫻的背後。

「不要殺我！」梁朔高叫著拔腿就逃，「嗚哇啊啊啊啊啊啊啊啊啊！」

韓品儒和宋櫻齊齊轉頭，映入眼簾的是一道站在走廊另一端、臉上戴著面具的邪魅身影。

起初韓品儒以爲那個人是音樂劇的角色之一，仔細觀察後才發現，那張面具是一張慘白猙獰的小丑臉，左眼下方畫了個愛心圖案，右眼下方則是黑桃圖案，血紅的大嘴像被人用剪刀強行剪開一樣，往兩邊撕裂至耳根。

小丑面具雖然恐怖，然而更令人畏懼的，是他手裡拿著的武器——那是一把手槍，顏色鮮豔得使人聯想到夜市射擊攤位的玩具槍，卻散發著詭異的殺氣。

韓品儒和宋櫻瞬間只覺背脊發涼，被本能所驅使的他們立刻轉身往樓梯的方向狂奔，完全不敢有絲毫遲滯。

砰！

一顆子彈挾著熱風從韓品儒耳旁呼嘯而過，除了用盡全力逃跑外，他已經思考不了其他事情。

本來跑在前頭的梁朔由於動作太大，傷口再度撕裂，他疼得逐漸放慢了速度，被韓品儒和宋櫻超前。

砰！

槍聲再度響起，梁朔慘叫一聲摔倒在地，韓品儒雖然想幫他，卻是自顧不暇。

來到樓梯口，爲了避開小丑的子彈，兩人被迫分頭逃走，宋櫻往下，韓品儒往上。

小丑追著韓品儒跑上七樓，雖然連續開了數槍，卻因爲視線內四處都是創校紀念日的裝飾而沒能瞄準。從天花板垂下來的紙圈、各種造型的氣球、寫著宣傳標語的廣告看板……諸如此類的雜物救了韓品儒一命。

此時，一個巨大的透明氣球被子彈擊中，裡面的亮粉和彩色紙屑漫天飛揚，走廊的能見度急速下降。

趁著這個大好機會，韓品儒一鼓作氣直衝而去，從另一側的樓梯往下跑，再通過天橋進入H館的西棟，找了個教室躲進去。

韓品儒汗出如漿，坐在地上不停喘氣，又不敢喘得太大聲。他把耳朵貼在門縫，確認聽不見任何腳步聲後，這才放心了些。

那個小丑多半是學生之一，既然戴著小丑面具，也許是跟撲克牌的「小丑」有關。

他掏出手機，正想發簡訊給宋櫻的時候，教室的擴音器忽然傳出聲音。

「各位同學，我是二年A班的委員長柳君澈。無論你正在做什麼，都請先停下來，我有一些關於撲克遊戲的事想跟大家說一下。」

這名男生的嗓音非常清澈，冷靜沉穩，帶有莫名的說服力，這樣的說話方式令韓品儒不禁想起了某個人。

「簡單來說，我找到了一個可以讓全體同學都活下來的方法，具體情況在這裡說不清楚，只能說這個方法必須靠大家互相合作才會成功。對此有興趣的同學，請盡快前來T館的播音室，我會在這裡等待大家……」

說完，柳君澈又把整段話重覆了一次，確保訊息徹底傳遍校園每個角落。

有了塔羅遊戲的前車之鑑，韓品儒不認爲這種遊戲會存在全員獲勝的方法，可這畢竟是另一場新的遊戲，並不能完全排除這個可能性。

若柳君澈所言爲眞，大家就不用自相殘殺了。韓品儒想依言前往播音室，但是他不認識柳君澈，不清楚對方爲人如何，而且即使平時是大好人，在這種時候會不會性格大變也很難說。柳君澈也可能是把找到獲勝方法當成藉口，在播音室設下埋伏，企圖將所有前去的同學一網打盡。

掙扎了好一陣子，韓品儒最後還是不想放棄希望，決定去看看。

他先以簡訊跟宋櫻商量，收到贊同的答覆後，便往T館的方向出發。

♠ ♥ ♣ ♦

T館位於廣大校園的最邊緣，路途中會經過運動場、中庭、舊校舍和泳池。

韓品儒冒著滂沱大雨和轟隆雷聲，走了頗長一段路才抵達，幾乎淋成了落湯雞。

順著樓梯來到五樓，身後忽然傳來一道清脆的娃娃音。

「喵～」

韓品儒不用轉頭也曉得是顏莉佳，他實在不太想理會這個性格殘忍的女孩。

「你也要去播音室嗎？一起走喵～」

顏莉佳奶聲奶氣地說，小跑步跟在他後面，她的裙子和大尾巴同樣溼得不斷滴水。

「其實莉佳是不覺得會有讓所有人都活下來的方法啦……應該說莉佳不希望有，不過姑且去看看就是了喵～」

韓品儒沒回應她，只是加快腳步走向播音室。

「喂，你這樣很沒禮貌耶。」顏莉佳嘟起小嘴，「還有你剛才逃跑眞的害到了柏詩妍，你知道嗎？」

韓品儒不禁停下腳步，「妳、妳怎會知道……」

「因爲這個喵～」

顏莉佳嘻皮笑臉地拿出手機。

「這個遊戲比想像中還有趣，居然有異能這種東西～莉佳得到了一個叫『第一人稱實況』的異能，聽名稱也能大概猜到是怎樣的能力吧？莉佳看了安羽柔的實況，想不到她平時一副優等生的模樣，原來是個無可救藥的虐待狂呢～」

「副、副委員長她……怎麼了？」韓品儒忍不住問。

「她喔……」顏莉佳故作神祕地湊近韓品儒耳邊，「不告訴你！」

她最後幾個字幾乎是用喊的，韓品儒覺得自己的耳膜快要被震破了。一氣之下，他決定無視顏莉佳的存在，迅速往前走。

「喂喂，你不想聽柏詩妍怎樣了嗎？她被安羽柔電得好慘喔，眼淚鼻涕口水統統流了出來，那副樣子好醜，可是之後她居然把安羽柔……哎唷！」

韓品儒在播音室前驀地停下，顏莉佳煞不住腳步，一頭撞上了他的後背。

叩叩。韓品儒輕輕敲門。

「門沒有上鎖，請進來吧！」回應他的是一道輕快的女聲。

開門進去，映進眼簾的是偌大的空間，中央有座大型控制臺，七名不認識的男女學生站在房間各處。

當視線落到一名身材修長、文質彬彬的男生身上時，韓品儒下意識地脫口喊道：「宥翔？」

那名男生露出困惑的表情，其他人也一臉不解，場面安靜了幾秒，站在男生旁邊的棕髮女生突然噗哧一聲笑了出來，露出兩顆小巧潔白的虎牙。

「這位同學，你該配眼鏡嘍。」她開朗地笑著說，聽聲音正是方才回應敲門的女生，「他是柳君澈，不是李宥翔，不過被你這麼一說，他們還眞是有點像呢。」

「對、對不起……我認錯人了。」

韓品儒尷尬地道歉，對於自己竟然會把人搞混，他也十分驚訝。

柳君澈的外表和氣質跟李宥翔確實相似，可很明顯是不同的人，也許他眞的該去配一副眼鏡了。

「沒關係。」柳君澈對他微微一笑，「你們是B班的……韓品儒還有顏莉佳同學吧？謝謝你們願意前來，這個計畫越多人加入越好。」

「大家要不要先自我介紹一下？」虎牙女生環顧房間裡的所有人，「我叫胡靜悠，是A班的副委員長，也是君澈的鄰桌兼青梅竹馬兼超級好朋友喔。」

「哪有人這樣自我介紹的。」一名頂著鳥窩頭的男生沒好氣地拍了下自己的額頭，「再說，我們三個明明都是青梅竹馬，而且我認識君澈比妳還早！」

「歹勢啦。」胡靜悠依舊笑咪咪的，「這個鳥窩頭是徐勇孝，他也是我們的好朋友，雖然有點囉嗦，不過人很好喔！」

「我就不自我介紹了。」一名戴著無框眼鏡的男生語氣冷淡，「反正我不一定會繼續待在這裡。」

「等一下，我知道你這傢伙。」一名梳油頭的男生斜眼瞧著韓品儒，「有些人說這個遊戲是你搞出來的，你最好給我解釋清楚，否則別怪我打死你！」

「這、這是他們誤會了！」韓品儒急忙辯解，「沒、沒錯，我是曾經被捲入過類似的遊戲，但我眞的不清楚遊戲爲什麼會出現，我跟大家一樣是受害者！」

「你果然跟這個遊戲有關！」油頭男瞪著他，一副抓到兇手的嘴臉，「我們快把他抓起來逼供！」

「張立異，我剛才已經說得很清楚，我的方法必須靠大家互相合作才能成功，要是我們對前來加入的同學動用武力，還談什麼合作？」柳君澈阻止了油頭男張立異，「再說，假如韓品儒眞的玩過類似的遊戲，我們就更需要他的加入，他的經驗對我們而言會是很大的幫助。」

「謝、謝謝你。」

韓品儒感激地說，他今天屢次遭到誤解，柳君澈是第一個爲他辯護的人。

「我、我一定會盡力協助大家，如果你們有什麼想了解的可以問我。」

「我們才要謝謝你。」柳君澈微微一笑，「那麼在請教你之前，我想先跟你分享一個我發現的東西。可以請你打開撲克遊戲的程式，點擊小丑娃娃的帽子看看嗎？」

韓品儒按照他的話去做，一條追加的規則隨即浮現在眼前：

「P.S. 如果能夠在明天日出前收集完所有撲克牌，並且登錄在同一名玩家的手機裡，那麼除了那名玩家之外，其餘仍然存活的玩家都可以通關喔♥」

「居、居然有這種規則？這到底是……」

「這就是我在廣播裡提到的，讓全體同學通關的方法。」柳君澈沉聲說，「這個方法有個缺點，那就是負責登錄的玩家無法通關，不過規則裡沒提到不能用死者的手機，聽說B班的洪朗熙已經不幸犧牲了，所以我打算把撲克牌登錄在他的手機裡。」

「這、這確實是個好方法。」韓品儒點點頭，「可、可是……要順利實行恐怕並不容易。」

「沒錯。」柳君澈苦笑，「想收集所有撲克牌已是困難重重，更困難的是大家未必會願意交出來，這也是我們在討論的問題。」

「重申一次，柳君澈，我並非不相信你。」戴著無框眼鏡的男生抱著雙臂，「只是把撲克牌交給別人的話，就等同於把性命交給對方，我們雖然是同學，但沒有熟到能夠託付性命的程度。」

「沒錯，更何況這裡還有些不知是否值得信任的人。」張立異仍舊用懷疑的目光盯著韓品儒，「如果非得交出撲克牌的話，我就不幹了。」

「這個方法能讓大家都能活下來耶，小異……」站在張立異身旁、頭戴蝴蝶結髮箍的女孩怯生生地說，「我們還是把撲克牌交出來吧……反正我們只找到了一張……」

「丁子晴，妳這個笨女人閉嘴！妳懂什麼了？」張立異對自己的女友大吼，語氣透著慌亂，「還有，誰准妳把我擁有的撲克牌數量說出來？撲克牌是我找到的，要怎麼處置是我的自由，不准命令我！」

「我明白大家會對交出撲克牌有所顧忌，不過為了大局著想，希望各位可以盡量幫忙配合。」柳君澈嘆了口氣，「還有說實在的，你們找了這麼久才找到一張，能以『擁有最多撲克牌』這個條件勝出的可能性極低，跟大家合作對你們來說會是更好的、甚至是唯一的選擇。」

「那品儒同學你呢？你願意把撲克牌交出來嗎？」胡靜悠詢問韓品儒。

「那、那個……我也跟大家一樣，不是很想把撲克牌交出來。」

韓品儒囁嚅著回答。

「其、其實在之前的遊戲裡，也曾經有人以合作爲名叫大家交出卡牌，到頭來卻……我、我並非不願相信大家，只是在這種遊戲裡，別說是同學，就連最要好的朋友也可能會背叛……」

聽了最後一句話，柳君澈若有所思地瞄了韓品儒一眼。

「對啊，莉佳也覺得朋友和同學都是信不過的喵～」顏莉佳露出柴郡貓似的狡點笑容，「萬一交出撲克牌後被獨吞了怎辦？」

「總之要我交出撲克牌的話就拉倒。」戴無框眼鏡的男生單手插著褲袋，走向播音室門口，「這方法雖然好，可是你們絕對不會成功，因爲這間學校裡不懷好意的人實在太多了。我要繼續去找牌了，祝你們好運。」

他執意脫隊，其他人也阻止不了，然而他才離開播音室沒一會，外面忽然傳來「砰」的一聲巨響和慘叫，嚇了眾人一跳。

「欸？這不是那傢伙的聲音嗎？發生什麼事了？」徐勇孝慌張地問，「我出去看看！」

「不、不要！」韓品儒連忙阻止，「那、那是槍聲……他應該是中槍了。」

「槍聲？」胡靜悠露出困惑的表情，「學校裡怎麼會有槍？」

「有、有個戴著小丑面具的人在E館亂開槍，很多人都被他殺了，我也差點死在他手上。」韓品儒慌亂不已，「可、可惡，我早該想到他聽見廣播後也會朝這裡來……」

「E館居然發生了這麼恐怖的事？我和君澈、勇孝在遊戲開始後一直待在T館這邊，什麼都不曉得。」胡靜悠緊張地說。

由於聖櫻高中附近有座小型機場，爲了阻隔飛機升降時的噪音，校園裡的建築物針對隔音進行了強化，哪怕有人在校舍裡開槍，聲音也不容易傳遠。

「這麼說來，我剛才好像有聽到類似的聲音。」張立異皺著眉頭，「因爲外面一直打雷打個不停，我還以爲是雷聲。」

「小異……我們現在該怎麼辦才好？」丁子晴害怕得哭了出來，扯著男友的袖子，「那個人會不會衝進來把我們殺死？我們快逃吧！」

「妳是白痴嗎？現在出去肯定會變槍靶！」張立異吼她。

「勇孝，播音室的鑰匙在你那裡吧？快去把門鎖上！」柳君澈趕緊提醒徐勇孝。

徐勇孝立刻去鎖門，只是由於太心急的關係，他用力過猛，一不小心把鑰匙折斷了，鑰匙的前半截卡在鎖孔裡。

「媽的！」他不禁罵了句髒話，使勁扳動門鎖。

「冷靜點，亂動只會讓鑰匙更難取出，大家找找有沒有鑷子之類的東西。」柳君澈說。

他們在播音室裡四處尋找，卻只找到原子筆、直尺等文具。忽然，柳君澈看著胡靜悠，並伸手去摸她的頭髮，惹得胡靜悠臉上一紅。

「你、你怎麼……」

「髮夾借我一下。」柳君澈拔下她頭上別的一字髮夾，「用這個鑽進鎖孔的溝槽，應該可以把鑰匙夾出來。」

發現自己會錯意，胡靜悠的臉變得更紅了，她生氣地奪回柳君澈手上的髮夾。

「我來就好！」

胡靜悠把髮夾往鑰匙孔裡鑽，無奈試了好幾次都沒能夾出鑰匙。就在此時，槍聲和慘叫再度響起，聽起來比先前還接近，播音室裡的眾人頓時更加慌亂。

他們決定不再管鑰匙孔，直接把控制臺推向門板，將門堵起來。

控制臺極其沉重，柳君澈和男生們合力去推，可是才剛成功推到門前，外面便是一連串槍響，一眾男生驚恐走避，播音室的門被射成蜂窩。

「我留在這裡用撲克牌的異能拖著敵人，你們想辦法爬窗逃走，快點！」柳君澈的面容微微扭曲，咬著牙對其他人表示。

「異能？那是什麼？」張立異敏銳地問。

外面繼續傳來槍聲，播音室的門卻沒再被射穿，取而代之的是子彈射中金屬製品後反彈的聲音，彷彿射中的並非木門，而是厚重的金屬製門板。

聽柳君澈說爬窗逃走，丁子晴顫抖著嗓音：「這……這裡是五樓，下面又是硬梆梆的水泥地，會……會摔死吧……」

徬徨無助之際，徐勇孝突然注意到一件事。

「咦？那個叫顏莉佳的女生呢？怎麼不見了？」

他們四下張望，播音室裡已經沒有顏莉佳的身影，只見靠近天花板的通風槽蓋子被打開，下方還放了幾張疊在一起的椅子。

「她從通風槽逃走了！」張立巽惱恨地說，「臭女人！發現了逃生路線怎麼不告訴大家？」

張立巽一馬當先地鑽進通風槽，他的女友丁子晴緊隨在後。

「靜悠，妳快點走吧，我等等跟你們會合。」柳君澈背對著胡靜悠催促。

「可是……」

「放心，我不會有事的，很快就會去找妳。」

「那……好吧，你要快點跟上喔！」

胡靜悠擔心地望了他一眼，然後也爬進通風槽。

「勇孝，你也快走吧。」柳君澈再對徐勇孝說，「還有……靜悠就拜託你了，請你好好守護她。」

「你說這什麼話？我們不是說過要一起守護她嗎？」

「你就答應我吧。」

徐勇孝察覺不太對勁，不過還是從通風槽離開了，播音室裡只剩下兩個人。韓品儒對柳君澈說：「到、到了外面之後，我會想辦法把小丑從門後引開，你要把握時機逃走！」

「謝謝你。」柳君澈微微一笑，「可是……我已經不需要了。」

「不、不需要？」

韓品儒有些疑惑，而柳君澈拿開摀著腹部的手，一圈血紅正在往外擴散。他方才一直掩飾得很好，竟沒有人發現他受了傷。

「你……你中槍了？」

韓品儒大驚失色，手忙腳亂地想幫他止血。

「可、可是……你不是用了異能嗎？」

「我確實是用『鍊金固化』把門強化了，但是我發動的時機太晚，如果早兩秒……不，早一秒就好了。」柳君澈苦笑，「對不起，我先前沒坦白說出異能的事，因爲我怕異能會淪爲大家自相殘殺的工具……」

「你、你不用道歉……我明白的。」

韓品儒低聲回應，他對於同學間的自相殘殺最是清楚不過。

「我的撲克牌你拿去吧，如果落入那個小丑手中就糟了，希望你能代替我，帶領大家勝出這個遊戲……」

韓品儒從柳君澈手上接過撲克牌，胸口感到一陣難以言喻的痛楚。

「對、對不起，其實你是對的，我們應該合作破關遊戲。」他哽咽地說，「只、只是……我以前有個很要好的朋友，他也曾經像你這樣帶領大家，可是他卻背叛了我的信任……所、所以我才……」

「你那個朋友……是李宥翔嗎？」

「你、你怎會知道……」

「你大概不曉得自己在誤認的當下，是用怎樣的眼神看著我吧？」柳君澈的表情帶點無奈，「你的眼神充滿了怨恨和不解，好像我跟你有什麼深仇大恨似的。」

「沒、沒錯，我說的那個朋友……就是李宥翔。」韓品儒不自覺地捏緊拳頭，「我、我眞是瘋了，怎會覺得你們像呢？你跟他明明完全不同，他……他永遠不會像你這樣爲朋友自我犧牲。」

「雖然我不清楚你們之間究竟發生了什麼事，不過我認爲最應該受譴責的始終是這個遊戲……」柳君澈的臉色逐漸蒼白，「爲了生存而使用各種手段我是可以理解的……像我現在……也是希望可以活下去……咳……」

韓品儒拚命爲他止血，鮮血卻仍像決堤的洪水從傷口湧出。

「你、你要努力撐下去，胡靜悠還在等你！你、你這樣我要怎麼跟她交代？」

「不要再管我了……異能的效果即將消失，你快點走吧……還有請代我向靜悠說對不起……我……欺騙……了……她……」

003 葫蘆

蜿蜒複雜的通風槽宛如迷宮，爬了大約十分鐘，韓品儒才找到了出口。

爬出去後，他發現自己身處於一間機房裡，稍早成功逃走的人都在這，但當中並沒有顏莉佳的身影，多半是早就離開了。

一看到韓品儒，胡靜悠心急如焚地問：「怎麼只有你一個？君澈呢？他在哪裡？」

韓品儒沉默了一會，隨後才苦澀地開口：「他……他不會來了，他的腹部中了槍。還、還有……他想向妳道歉，因爲他剛才欺騙了妳。」

胡靜悠聞言雙目呆滯，宛如一下子被抽走了全身的骨頭般，軟倒在地，徐勇孝也霎時面無血色。

「他不是用了什麼異能讓門不被射穿嗎？怎麼還是死了？」張立異冷冷地說，「口口聲聲叫大家合作，卻沒說出異能的事，悄悄留了一手，這樣的下場還眞是活該啊。」

韓品儒難以置信地看著張立異。

這個人眞的是柳君澈的同學嗎？柳君澈就是爲了保護這種人而死？他心想，深深爲柳君澈感到不值。

張立異說完便帶著丁子晴離開機房，留下韓品儒、胡靜悠和徐勇孝三人。

韓品儒拿出五張撲克牌，交給胡靜悠和徐勇孝，這些牌可以組成牌型中的「兩對（Two

Pairs）」。

「這、這是柳君澈給我的撲克牌，我想還是由你們來保管比較好。」

胡靜悠依然處於失神的狀態，徐勇孝則是低聲對他說：「既然是君澈給你的，你就留著吧。你以前玩過這種遊戲，應該比我們更熟悉卡牌的使用方法。」

韓品儒默然點頭。當他把撲克牌登錄在自己的手機後，收集冊裡的其中一個欄目隨即被填滿，並且出現異能的描述。

【鍊金固化：持有者可把特定無機物轉換成另一種硬度較高的無機物，物品的體積不能超過三立方公尺。轉換效果五分鐘，冷卻時間一小時。】

之後，三人懷著沉重的心情返回五樓的播音室，只見大門被子彈射得百孔千瘡，有個人倒在血泊中，正是已經氣絕身亡的柳君澈。

目睹柳君澈的遺體，胡靜悠撲上去哭得不成人形，徐勇孝也失聲痛哭。韓品儒見狀也不禁鼻子一酸，淚溼了眼眶。

「終於找到你了。」

聽到這道再熟悉不過的嗓音，韓品儒回過頭去，來者正是宋櫻。

「妳還好嗎？沒受傷吧？」韓品儒連忙走向她，緊張地詢問。

「我沒事。」宋櫻回答，「收到你的訊息後我原本想馬上行動，不過怕小丑仍在附近，所以多待了一會。剛才過來的時候我聽見了槍聲……還以爲你已經死了。」

等胡靜悠和徐勇孝的情緒稍微平復了些，他們才開始商量下一步該怎麼走。

「我……要爲君澈討回公道。」胡靜悠的嗓音雖然帶著哽咽，但相當堅定，「我要爲他報仇。」

「沒錯，君澈實在死得太冤枉了，我們不能放過那個小丑。」徐勇孝也同意。

「想對付小丑，異能不可缺少。你們有撲克牌嗎？」宋櫻問。

胡靜悠搖了搖頭，徐勇孝則拿出兩張牌，韓品儒也拿出了一張，加上宋櫻的兩張，他們湊成了「散牌（High Card）」這個牌型，異能爲「命運共同體」。

【命運共同體：持有者可選擇一名玩家作爲「命運共同體」，使用時需以手機鏡頭對著目標，鏡頭會自動捕捉人臉，但不適用於面具或屍體。

結爲「命運共同體」的兩名玩家，如果其中一方受傷或被殺，另一方也會遭受相同的傷害，在效果消失後也不能回復。使用時間沒有限制，但解除後如要再次使用，需先經過一小時的冷卻時間。】

「這個能力感覺好雞肋。」徐勇孝皺起眉，「跟其他玩家結成『命運共同體』只會增加自己受傷和死亡的風險，應該不會有人這麼笨吧？」

「如果抱著同歸於盡的決心，也是可以把這能力用在敵人身上然後自殘，可惜不適用於戴面具的人。」宋櫻沉吟，「我對『鍊金固化』這項能力滿有興趣，它讓我想到了一個作戰計畫，只是不確定是否可行……」

宋櫻向韓品儒、胡靜悠和徐勇孝說明自己的計畫，眾人聽完都認爲雖然簡單粗暴，但頗有一試的價值。

決定實行後，他們先把柳君澈的遺體搬到播音室的一角，再用窗簾覆蓋起來。

「君澈……你要保佑我。」胡靜悠喃喃地對著柳君澈的遺體說，「我一定會把那個小丑殺死，爲你報仇。」

同一時間，徐勇孝也在心裡默默起誓。他絕對會爲柳君澈報仇，而且會堅守對柳君澈的承諾，守護胡靜悠到底。

♠ ♥ ♣ ♦

現在已是晚上八點，從中午就開始下的雨變得更大了，伴隨著雷鳴電閃，整個校園被籠罩在灰暗厚重的雨幕中。

韓品儒在校舍四處尋找，終於在L館的二樓發現了目標人物。

甫踏進走廊，眼前便是地獄般的場景——三名同學的屍體倒在地上，流了一地的鮮血宛如迎接賓客的紅毯，而站在這紅毯盡頭的，正是戴著小丑面具的死神。

窗外一道閃電打下，點亮了小丑可怕的面貌，撕裂似的詭異笑容、濺滿血跡的制服、可怖的殺人武器，簡直就是活生生從恐怖電影中走出來的角色。

小丑舉槍，毫不猶豫地指著韓品儒，企圖讓這位誤闖地獄的不速之客一命歸西。

「等、等一下！」韓品儒高舉雙手表示沒有惡意，「請、請讓我成爲你的同伴吧！」

小丑的手停滯在半空，似乎是想先聽聽韓品儒葫蘆裡賣什麼藥，畢竟向他求饒的人很多，請求成爲同伴的卻是絕無僅有。

「如、如果你願意讓我成爲同伴，我會帶你去一個藏了很多人的地方。」

韓品儒抓緊機會一口氣說下去。

「剛、剛才我遇到一群人，他們說是從播音室逃出來的，現在要轉移陣地躲到其他地方去。那個地方很隱密，而且有堅固的大門，他們想待在裡面直到遊戲結束爲止。如、如果你肯接納我成爲同伴，我會帶你去那裡，並且叫他們開門，這樣你就可以不費吹灰之力進去把他們殺光！」

小丑沒有半點反應，令人不禁懷疑他是否被面具阻礙了聽力，或是早已被槍聲震聾了。

「我、我仔細思考過了，跟著那群人是死路一條，他們既弱小又只懂聚在一起取暖，根本不是玩這種遊戲的料，被殺也是活該！只有像你這樣強大的人才會勝出！我、我會全力協助你把其他人殺光的！」

在韓品儒說完後，一直沉默著的小丑終於有了動作——他緩緩降低了槍口。

「你……你願意讓我成爲你的同伴？」韓品儒小心翼翼地問。

小丑點了下頭，並且伸出右手示意韓品儒帶路。

「謝、謝謝你！我現在立刻帶你去！」

韓品儒連忙轉身帶路，然而他走了幾步，身後卻沒有傳來跟隨的腳步聲。

砰！

突如其來的槍響劃破走廊的空氣，跟窗外的雷鳴重疊在一起。

♠ ♥ ♣ ♦

「呼……呼……呼……」

韓品儒逃出L館，強忍著左臂傳來的陣陣疼痛，竭盡全力地在暴風雨中衝刺。

稍早小丑假裝被他說動，但其實並沒有上當，還想趁他帶路時開槍射殺。韓品儒雖然早有準備，及時閃往旁邊的柱子，手臂仍被流彈擦傷。

他隱約覺得小丑跟某個人有點像，只是一時半刻想不起是誰。小丑似乎也認出了他，而且不確定是出於什麼原因，小丑對於直接射殺他似乎有點猶豫，好幾次都手下留情。

總之，計畫已經成功了一半，順利把小丑引來後，接下來就是前往指定地點。

舊校舍坐落在校園正中央，位於露天泳池旁，那是一幢歷史悠久的木造建築，因年久失修已變成危樓，預定在今年內拆除重建。

由於曾有學生闖入並發生事故，舊校舍的門窗全部用木板釘了起來，不過後門卻破了一個大洞。

韓品儒從破洞進入舊校舍，小丑亦有恃無恐地緊隨其後。

長年無人使用的校舍內四處都是灰塵和蛛網，空氣中充斥著霉味，牆壁和天花板上的裂痕多不勝數，地面則是鋪著工地專用的藍色防水布。

韓品儒咬緊牙關，一鼓作氣衝上了五樓，在走廊上狂奔。小丑在後方緊追不捨，正要再開一槍的時候，腳下卻突然一個踏空，整個人連同防水布直直掉進下面的樓層。

「他掉進去了，用那個吧。」一名女生壓低嗓音指示。

「好！」另外兩名男女齊聲回答。

宋櫻、胡靜悠和徐勇孝一直在旁邊的教室裡埋伏著，當確認小丑落入陷阱，他們便合力把一個大桶子自教室搬出來，將桶裡清水般的液體一口氣往下層倒去，小丑無處走避，整個人從頭到腳被淋溼。

——這就是宋櫻利用「鍊金固化」擬定出來的作戰計畫。

這個作戰分成三個階段，第一階段是由韓品儒負責當誘餌，把小丑引至舊校舍的五樓，讓小丑踩中陷阱掉進下方的樓層；第二階段則是由宋櫻和另外兩人預先在教室內埋伏，並在適當時機把準備好的液體淋到小丑身上。

之所以選擇舊校舍作爲戰鬥舞臺，是因爲這裡有許多地方早已腐朽不堪，五樓走廊中段的地板更是破了一個大洞——這是徐勇孝告訴他們的。徐勇孝去年曾經跟學長在晚上偷偷潛入舊校舍玩試膽遊戲，結果由於太黑看不到路，倒楣地從破洞掉到四樓，差點摔斷腿。

選好設下陷阱的地點後，他們從別處拿來一塊防水布，平整地鋪在破洞上面，使它看起來跟校舍其他地方的地板沒兩樣。

「鍊金固化」的效果只有五分鐘，因此韓品儒算準時間發動，將防水布的硬度增強成木板地，好讓他自己踩在上面時不會掉下去。

見韓品儒直接跑過去，小丑自然不會意識到有陷阱，於是也放心地跟在後頭，然而那時異能的效果已經消失，木板地還原成防水布，小丑便一下子從破洞掉到四樓。

此外，他們亦事先用大量建材堵死四樓走廊，確保小丑掉下去後無法逃走。

「你、你已經無路可逃了，不想受苦就把槍丟掉吧！」韓品儒對他喊道。

小丑並未理會韓品儒的勸降，反而向他開槍，沒想到在扣下扳機的瞬間，他的槍猛烈燃燒起來，火焰瞬間蔓延至全身，使他整個人被火舌活活吞噬。

這便是最後的第三階段。

他們淋在小丑身上的液體無色無臭，表面上與清水無異，但其實是一種高度易燃的液體，小丑一開槍就會引火自焚。

這個做法雖然殘忍，可是如果小丑不開槍，也不會發生自燃，因此某種程度上他是自作自受。

小丑在地上翻來滾去，試圖壓滅身上的火焰，不過成效不大。

「快、快用那個！」韓品儒催促拿著滅火器的胡靜悠。

胡靜悠把滅火器的安全插鞘拉掉，正要對著小丑噴射，又猶豫不決起來。

「這混蛋……殺死了君澈，他這是罪有應得！」她紅著雙眼，「讓他被燒死吧！」

「他、他是罪有應得，可他不值得我們把手弄髒。」韓品儒勸說。

胡靜悠天人交戰了好一陣，最終還是咬著牙握下了壓柄。

啪沙！

煙霧從滅火器的噴嘴洩出，下方的樓層很快成了白茫茫一片。

濃霧裡不斷傳出物品被破壞的聲音，大概是小丑仍在垂死掙扎。等煙霧開始消散，他們卻赫然見到封著窗戶的木板被砸出了一個足以讓人穿過的大洞。

下一秒，小丑爬上窗框，直接往窗外縱身一躍。

「他瘋了嗎？」徐勇孝驚叫，「那可是四樓耶！」

然而外頭並未傳來重物墜地的聲音，取而代之的是物體沉入水中的聲響。

「他是跳進了校舍旁邊的泳池吧？」宋櫻冷笑一聲，「這混蛋可眞是走運。」

韓品儒等人追了出去，來到一樓時發現小丑確實跳進了泳池，且已經快要游到池邊。他們當然不會就此放過他，正要上前包抄時，某處卻冷不防傳來槍聲。

「小心！」徐勇孝迅速擋在胡靜悠身前。

只見泳池的不遠處站著一名身材苗條的女孩，其打扮跟小丑頗爲相似，臉上戴著小丑面具，手裡緊握著色彩鮮豔的手槍，面具上的眼妝畫的是黑桃和方塊圖案。

砰！砰！砰！砰……

小丑女連開數槍，雖然沒有射傷他們，也讓他們無法繼續前進，只能眼巴巴看著小丑在她的掩護下成功逃走。

「可惡！」徐勇孝忿忿地怒吼，「那個小丑女到底是誰？要不是她來攪局，我們早就把那混蛋拿下了！」

「看、看樣子那個女生也得到了『小丑』牌……呃！」

方才情勢危急，讓韓品儒暫時忘記了手臂的傷口，此時終於可以稍微喘口氣，痛楚馬上排山倒海襲來。

「讓我看一下。」宋櫻皺著眉。

韓品儒起初以為自己只是被子彈擦過，僅僅是皮肉傷，不過宋櫻仔細檢查後卻發現傷口比想像中來得深，有一部分的肉被硬生生削掉了，甚至隱約看得到骨頭。

於是一行人前往位於T館的保健室，打算為韓品儒處理傷勢，結果他們還沒走近保健室，便聞到一股刺鼻的血腥味。

小心翼翼打開保健室的門，他們馬上嚇得倒退了半步。

一名頭戴蝴蝶結髮箍的女生倒在地上，身上有多處血淋淋的刀傷，驚人的出血量幾乎把她全身染成紅色，要不是胸口仍有些微起伏，肯定會以為她已是一具屍體。

「子……子晴？」胡靜悠不敢相信眼前所見的一切，「這到底是……」

這名女生正是他們先前在播音室見過的丁子晴，如今卻變成了這副悽慘的模樣。丁子晴常常跟她男友黏在一起，此刻張立異卻不見蹤影。

他們把丁子晴抬到病床上進行急救，手忙腳亂地尋找止血用品。

「呃……」丁子晴發出微弱的呻吟。

「子晴，到底是誰把妳弄成這樣的？」胡靜悠哽咽著問。

「小……小異……不要丟下我……」丁子晴氣若游絲，斷斷續續地囈語，「二年B班……委……委員長……不……不要殺我……」

韓品儒臉色一變，「妳、妳是說二年B班的委員長……安羽柔？」

丁子晴蠕動著嘴唇，似乎想再說什麼，接著卻陷入昏迷。

「安、安羽柔太過分了！」韓品儒咬牙切齒，「她、她不但綁架和虐待我，還這樣傷害丁子晴……她跟那個小丑一樣可惡！」

「安羽柔？」徐勇孝一臉詫異，「她可是個品學兼優的模範生耶，不可能做出這種事情吧？」

「在這種遊戲裡，品學兼優的模範生變成殺人狂可不是什麼罕見的戲碼。」宋櫻冷冷地反駁。

隨著時間一分一秒過去，丁子晴的狀況越來越不樂觀，呼吸也越來越微弱。

「她的傷勢太嚴重了，用普通的方法不可能把血止住。」胡靜悠難過不已。

「烙、烙鐵。」韓品儒突然想起，「我、我以前的同學說過，烙鐵是可以用來止血的，我去木工教室拿吧。」

「這麼說來，我記得化學老師也說過鋁鹽可以止血，要不要也試一試？」徐勇孝問道。

「化、化學教室比較近，那我先去拿鋁鹽。」韓品儒點頭。

「我陪你去。」宋櫻說，「這種時候盡量不要落單，敵人隨時可能出現。」

留下胡靜悠和徐勇孝在保健室照顧丁子晴，韓品儒和宋櫻一同前往化學教室。

抵達位於E館五樓的化學教室，他們從櫃子取得鋁鹽，正要離開時，卻聽見身後傳來細碎的腳步聲。

回過頭去，映入眼簾的是一名留著蘑菇頭、戴著粗黑框眼鏡，身上穿著紅色宮廷風洋裝的微胖女生——二年B班副委員長柏詩妍。

她面無表情，用空洞的眼神盯著韓品儒和宋櫻。

她全身濺滿鮮血，裙子有個地方圓鼓鼓的，似乎是在夾層裡藏了某種東西。

見到柏詩妍，韓品儒不由得湧起愧疚的情緒。

「那、那個……聽說妳在我逃走之後被安羽柔虐待，我……很抱歉。」

柏詩妍沉默了一會，之後用跟她的眼神一樣空洞的語調說話。

「沒錯，因爲你逃跑了，安羽柔回來後把我狠狠修理了一頓……她不斷用那該死的電槍電我，那眞的很痛，痛到我覺得自己簡直走了一趟鬼門關……不過算了，反正安羽柔已經死了，去了眞正的陰曹地府。」

韓品儒注意到她的態度跟先前大不相同，但更讓他驚訝的是安羽柔的死訊。

「安、安羽柔……死了？她是怎樣死的？那、那是什麼時候的事？」

這麼問著的時候，他突然發現柏詩妍身上雖然染有血跡，卻不像有受傷的樣子，心裡頓時不安起來。

「安羽柔怎樣死的與你無關，你只要知道她已經死了就好。」柏詩妍淡淡回應。

「不、不，這件事必須弄清楚，如果她很早就死了，那麼她就不是傷害丁子晴的兇手……」

聽韓品儒提及丁子晴，柏詩妍鏡片後方的目光微微一暗。

「副、副委員長，妳到底……」

「沒錯，丁子晴是被我砍傷的。其實我原本的目標是張立異，不過那個孬種把女朋友當成肉盾落跑了。」柏詩妍乾脆地承認，「安羽柔……也是我殺的。」

韓品儒回想起方才丁子晴所說的話，看來她想說的其實是「副委員長」，只是口齒不清，導致他們誤聽成了委員長。

「如、如果是安羽柔的話，我能明白妳殺她的原因，可是其他人跟妳無怨無仇，妳、妳爲什麼要……」

「那是……因爲你。」

「因、因爲我？」

「誰擁有撲克牌，誰便是支配者——這是你說的話吧？」

柏詩妍兩眼直勾勾地盯著韓品儒。

「當我被安羽柔用電槍虐待的時候，我痛得完全思考不了其他事情，唯一在腦海裡迴盪的就只有你說過的這句話……那一刻，我突然想通了，我不能再這樣下去，我不甘心再被安羽柔支配，我要奪取撲克牌，扭轉自己的命運！」

啪！

柏詩妍揭開裙子的夾層，拿出一個類似足球的東西扔到實驗臺上。仔細一瞧，那居然是顆血淋淋的人頭——安羽柔的頭顱。

用來扮演愛麗絲的金色假髮仍歪斜地戴在她的頭頂，戴著藍色隱形眼鏡的雙眼睜得又圓又凸，幾乎要迸出眼眶，安羽柔臉上的每根線條都刻劃著恐懼和錯愕。

乍見安羽柔的人頭，韓品儒嚇得整個人呆住了，彷彿那顆頭是蛇髮女妖的頭顱，對他施展了石化詛咒，而宋櫻也緊緊蹙起眉。

音樂劇的某段歌詞在韓品儒的腦海響起，眼前的情景宛如應驗了歌詞的描述——

Be careful not to lose your head!

（小心不要丟了妳的頭！）

Remember what the Dormouse said, Alice!

（記著那睡鼠說過的話，愛麗絲！）

「你提醒了我，這裡不是學校，而是戰場……只有三個人可以活下來的戰場。」柏詩妍冷酷地說，「在戰場上如果不殺人，便會被人所殺，所以我要找到所有撲克牌，殺光所有人，支配一切！」

柏詩妍顯然已經喪失了理智，不知是被安羽柔電擊到精神錯亂，還是體內本來就潛伏著瘋狂的因子。

韓品儒沉默了下，「沒、沒錯，我是說過那樣的話。可、可是我還有一點沒告訴妳，那就是……支配者的下場。」

「下場？」柏詩妍皺起眉。

「在、在上一次的遊戲裡，那個妄想支配別人的人最終被擊倒，沒能勝出遊戲。」韓品儒回想起那名因權力而腐化的少年，語氣沉重，「如、如果妳再不收手，妳的下場也會跟他一樣。」

柏詩妍發出冷笑，「哼，我可沒有被擊倒的打算！」

見柏詩妍把手伸進口袋，韓品儒以爲她要拿手機或武器，豈料出現在她手裡的卻是一枝鉛筆。雖然那枝鉛筆削得極其尖銳，但要用來當武器的話，恐怕只有專業殺手才辦得到。

正當他感到摸不著頭腦時，柏詩妍持著鉛筆驀地往空中一劃，本是以木桿和石墨製成的鉛筆轉瞬變成一把千錘百鍊的太刀，刀紋如水般流動，鋒銳的刀緣散發出令人畏怯的濃重殺氣。

「準備好被『幻人斬』殺死了嗎？」柏詩妍嗓音冰寒。

「幻人斬」是湊成「同花（Flush）」後才能啟動的異能，可以將條狀物化爲太刀，不過必須由持有者親自使用，若離手便會恢復原狀。此外，持刀期間受到的傷害會減半，而且不會感受到痛楚。

柏詩妍雙手握著刀柄，擺出了準備攻擊的架勢，韓品儒見狀趕緊阻止。

「等、等一下！這遊戲有個讓全體同學都能勝出的方法！只要在明天日出前湊齊整套撲克牌便可全員通關！我、我們根本沒有自相殘殺的必要！」

「哦，是嗎？」柏詩妍一臉不相信的樣子，「既然如此，那就由我來湊齊吧，立刻把你們的撲克牌交給我。」

韓品儒沒有動作，柏詩妍頓時揚起冷笑。

「怎麼了？你不是說湊夠牌就可以全員通關？看來只是唬爛啊。我也猜到你會垂死掙扎，但這是沒用的！」

韓品儒急得滿頭大汗，就在此時，始終沒有作聲的宋櫻開口了。

「妳確定眞的要攻擊我們？我怕妳會後悔呢。」

「妳這是什麼意思？」柏詩妍挑眉。

「我的意思是，妳這樣直接把底牌亮出來也太不明智了。」宋櫻的口吻冷淡中帶著輕蔑，「這樣我們就知曉了妳的異能，而妳卻對我們的異能一無所知。以我自己來說，我是絕不會讓敵人知道底牌的。」

「反正你們很快就會變成一堆肉塊，讓你們知道底牌又如何？」柏詩妍態度傲慢，「還有，如果你們也有異能的話，那爲什麼不發動？我看妳只是虛張聲勢罷了！」

「因爲沒有發動的必要。」宋櫻悠哉地說，「反正我們就先等妳攻擊，然後看著妳自食惡果就好了。」

韓品儒在旁邊聽得暗暗捏把冷汗。

正如柏詩妍所說，宋櫻完全是在故弄玄虛。她試圖讓柏詩妍相信他們擁有反彈異能之類的能力，並因此不敢貿然攻擊，甚至知難而退，只是不確定柏詩妍是否會上當。

很快，答案揭曉。柏詩妍緊握太刀直接朝宋櫻的臉揮下，早有準備的宋櫻馬上往旁邊閃避，同時把藏在手裡的一瓶腐蝕性液體潑向柏詩妍。

柏詩妍被液體濺了一身，可由於「幻人斬」會令傷害的效果減半，所以她只受了輕傷，而且完全不覺得疼痛。

柏詩妍接著一刀砍向宋櫻的胸口，宋櫻舉起椅子抵擋，可惜椅子發揮不了盾牌的作用，輕易被太刀砍成兩半，宋櫻的制服襯衫亦被劃破，胸口多了道鮮血淋漓的傷口。

宋櫻微一咬牙，倒退著跟柏詩妍拉開距離，隨手抄起不鏽鋼垃圾桶扔過去還擊，柏詩妍毫不費力地舉刀一擋，垃圾桶一分爲二，比切洋蔥還要簡單。

宋櫻將所有伸手能及的物品全拿來當武器，無奈統統都不是太刀的對手。在兩人一來一往的攻防間，宋櫻漸漸被逼至牆角，見她再沒有東西可以用作抵擋，柏詩妍決定朝她發動致命一擊。

就在此時，韓品儒在柏詩妍背後大喊：「把、把刀丟掉，不然我就點火！」

柏詩妍轉過身來，看到韓品儒手裡拿著瓦斯噴槍，噴嘴對準了她。

「哼，你以爲我會怕你嗎？」

刀光閃過，韓品儒連忙避開，卻還是被砍傷了手臂，瓦斯噴槍失手掉落在地。

柏詩妍乘勝追擊，對他橫砍一刀，韓品儒矮身險險躲過，身後的黑板成了他的替罪羊。

柏詩妍嘖了一聲，正要再次舉刀時，一個放滿實驗用品的櫃子突然倒下，整個砸在她身上。

匡啷劈啦！

櫃子裡的試管、燒杯和試劑瓶等物品應聲破裂，柏詩妍下身被櫃子壓住，插滿了玻璃碎片，一時間動彈不得。

弄倒櫃子的人是宋櫻，只見她摀著傷口強忍痛楚，把柏詩妍手裡的刀踢走恢復成鉛筆，為這驚心動魄的攻防戰劃下休止符。

「宋櫻！」韓品儒擔心地呼喚。

宋櫻深深皺著眉，「趕快把她的手機和撲克牌都拿走吧。」

韓品儒正要去拿，下一秒卻聽柏詩妍忍著痛喊道：「你們兩個，立刻給我進來！」

話音落下，化學教室的門口多了兩道奇怪的身影。

那是兩名打扮成撲克牌士兵的男生，他們像野獸一樣四肢著地、背部弓起、齜牙咧嘴，如同正要發動攻擊的犬隻。

「體、體育委員和紀律委員……」韓品儒認出兩名男生的身分，不禁變了臉色，「妳、妳對他們……做了什麼？」

「這兩個腦袋壞掉的傢伙，不知是不是當安羽柔的狗當慣了，看到主人死了居然想幫她報仇……我當然是先下手為強！」柏詩妍咬牙切齒，「既然這麼喜歡當狗，那就當我的吧！給我咬死他們！」

她一聲令下，體育委員和紀律委員便像飢餓的野狗一樣從地上躍起，分別撲向韓品儒和宋櫻。

「人形獵犬」是柏詩妍持有的另一項異能，獲得條件是湊成「葫蘆（Full House）」，這項異能可以將死去的人變成絕對服從的獵犬，同一時間最多只能控制兩人，而且僅能要求他們做一些簡單的指令。

體育委員把韓品儒狠狠壓到牆上，露出滿嘴尖銳的犬齒想咬他脖子，韓品儒拚命反抗，用膝蓋猛撞體育委員的要害，無奈屍體沒有痛覺，這招起不了作用。

有沒有可以利用的東西……他的目光在身旁的雜物堆裡搜索，發現了一支長形的金屬物。他趕緊拿起來，朝體育委員的眼窩狠狠刺下去。

噗滋！

整支坩堝鉗幾乎刺進了一半，被戳破的眼球發出噁心的聲音，體育委員的動作停滯了一下，韓品儒趁機使盡全身力氣撞開對方，衝向角落拾起瓦斯噴槍。

當體育委員再次撲來時，韓品儒對著他按下噴槍的點火鈕，火焰引燃了衣服，瞬間令對方化作人肉火炬。

雖然體育委員已經不算是人類了，但如此殘酷地損毀他的軀體，依舊讓韓品儒很是過意不去。

另一邊，宋櫻不敵紀律委員的蠻力，整隻右耳被生生咬下，鮮血流了一身，身上也有多處被啃咬得血肉模糊，少了好幾塊肉。韓品儒衝過去解救她，以相同的方法對付紀律委員，火焰轉瞬席捲而去。

兩名班級委員慘遭烈火焚身，各種感官亦受到損害，難以辨別韓品儒和宋櫻的所在位置，可由於柏詩妍的命令尚未解除，他們只能像瞎了眼的瘋狗般亂抓亂咬。在化學教室橫衝直撞的他們，把火焰帶到各種易燃物品上，導致火勢逐漸擴大。

教室裡雖然設有滅火裝置，不過並不會自動開啟，而是要先觸發警報後再由消防部門啟動，因此與外界隔絕的他們無法得到救援。

砰！

大概是燒到了某類化學品，教室某處傳出驚人的爆炸聲，韓品儒腦中警鈴大作，心知很快就會發生更嚴重的爆炸，他和宋櫻得立刻離開。

宋櫻先是被柏詩妍砍傷，接著又被咬傷，失血過多使她頭昏目眩，幾乎要暈倒，正當韓品儒打算把她背起來時，身後忽然傳來凜冽的殺氣。

嗖！

韓品儒驚險地避過突襲，幾縷被削斷的髮絲飄然落下，只差一點，被改變的就不是髮型這麼簡單了。

只見柏詩妍已經擺脫了壓著她的櫃子，手裡再度握著由鉛筆變成的太刀。

「快、快讓開！現在不是打鬥的時候！」韓品儒急道，「繼、繼續待在這裡我們都會被燒死的！」

「你們別想離開！」柏詩妍失去理智地怒吼，「我要殺了你們！」

韓品儒扶著宋櫻，一方面得閃躲柏詩妍的攻擊，另一方面也得避開體育委員和紀律委員的衝撞，還必須時刻留意火舌，完全是多面受敵的狀態。

砰！

爆炸聲再度傳出，比上次更大更響，韓品儒焦慮萬分，決定要強行突破大門離開，卻遭到柏詩妍阻撓。

「去死吧！」

柏詩妍紅著眼一刀砍來，韓品儒狼狽閃過，身後厚重的實驗臺差點被砍半。

她鐵了心不讓韓品儒從正門逃出化學教室，韓品儒需要兼顧宋櫻，實在沒辦法跟柏詩妍硬來，只能考慮其他逃生路線。

「咳……咳……」

化學教室裡易燃物品極多，火勢蔓延的速度比任何地方都來得快，但更迫切的問題是濃煙，韓品儒除了被嗆得咳嗽連連，雙眼亦被薰得紅腫刺痛，再多吸入一些恐怕就會造成嚴重傷害。

砰！

又是一聲爆炸，隨後還有幾下連續的巨響，一聲比一聲駭人，多半是化學物質起了連鎖反應。

韓品儒環顧教室，這裡是五樓，他們對地面的狀況一無所知，跳窗逃生不是一個好選擇，而且窗簾已經燒了起來，他們靠近也會有危險。

體育委員和紀律委員依舊在教室裡胡亂攻擊，不小心傷到了柏詩妍，立刻惹來她的怒吼。

「是我！你們這些蠢狗！」

除了正門，這間教室還有另一扇門，趁著柏詩妍正被糾纏，韓品儒決定過去碰碰運氣。

把門打開，韓品儒發現裡面是個儲物間，放置著拖把、水桶等清潔工具，僅靠近天花板的地方有個小小的通風窗。

火勢迫在眉睫，柏詩妍又對他們窮追不捨，韓品儒顧不得那麼多，胡亂踢翻一些雜物充作路障後，便拉著宋櫻一起躲進了儲物間。

雖然希望極其渺茫，他還是祈禱儲物間的門能夠承受爆炸的衝擊和高溫。

「出來！我要殺死你們！」

柏詩妍鬼吼鬼叫，奮力越過雜物往儲物間殺去。

「我們好像要死在這裡了……」韓品儒萬念俱灰，喃喃地對宋櫻說。

陷入半昏迷狀態的宋櫻微微睜開眼睛，動了動嘴唇似乎想說什麼，韓品儒將耳朵靠過去。

「如果你讓我……在這裡死了……我一定會……殺了你……」

這番強勢且不合邏輯的話語讓韓品儒露出苦笑。

這是宋櫻一貫的風格，她跟個性消極的他不同，她從不怯戰，從不輕言放棄，無論處於多艱難的境地都會想辦法找到出路。

——不能讓宋櫻白白被我連累死。

韓品儒心想，伸手摸向口袋裡的手機，決定要賭上他和宋櫻的命運。

大約十秒後，E館的化學教室傳出「轟」的一聲爆炸巨響，熊熊烈焰將裡頭的一切吞噬殆盡。

004 同花順

黑色，濃重深邃、沒有盡頭的黑色——這是韓品儒恢復意識後第一眼見到的景象。

他努力睜大眼睛，映入視網膜的依然只有一片漆黑。

視覺無法給予他更多訊息，他唯有借助其他感官，然而充斥在耳中的僅有嗡嗡的耳鳴聲。

唯一可倚靠的是觸覺，從四面八方傳來的壓迫感告訴他，他此刻身處於一個異常侷促的空間，周圍滿滿都是雜物。

一具溫暖柔軟的身體緊緊地貼在他胸前，心臟的搏動穩定且規律地隔著衣服傳來，意識到這是誰的瞬間，他忍不住喜極而泣。

「宋櫻……」韓品儒哽咽著說，「太好了，宋櫻……我們活下來了……太好了……」

「看來我暫時殺不到你了……」

宋櫻低聲回應，即使看不見她的表情，但韓品儒可以想像，那張臉上此刻肯定掛著冷笑似的微笑。

韓品儒慶幸自己在爆炸的前一刻，使用了「鍊金固化」為整個儲物間加固，擋下了衝擊波和火焰，使他和宋櫻撿回一命。

化學教室徹底付之一炬，連帶附近的教室也受到不小的影響。

韓品儒和宋櫻此刻正是身處於建築物的殘骸之中，四周全是混凝土碎塊、斷裂的鋼筋、玻璃碎片、沙石泥塵等等，如果不是剛好有一根特別粗的鋼筋撐起一個狹小的空間，他們早已被雜物活活壓死。

大難不死的喜悅過後，韓品儒忽然有點尷尬，因爲他們此刻的姿勢非常彆扭，宋櫻的身軀緊密地疊在他身上，兩人彷彿是纏綿擁抱著的戀人。

宋櫻的手冷不防摸了上來，韓品儒頓時渾身僵硬，心臟異常激烈地跳動著，幾乎把胸骨撞疼。

「這裡好像有什麼……」宋櫻喃喃地說。

「嗄？什、什、什麼……」

韓品儒腦中一片空白，下一秒身下突然懸空，他和宋櫻自由落體般隨著雜物掉進了另一個空間。

「咳咳……」韓品儒咳嗽著爬起身。

「剛才你後面有一扇門。」宋櫻淡淡表示，「那應該是儲物間的門吧？幸好門框沒有壓壞，門把扭一下就打開了。」

「原來是這樣……」

這裡的空間比剛才大上許多，能活動的範圍也更廣，他們謹慎地移開一件又一件的雜物，終於從破瓦頹垣間爬了出去。

回頭望向被炸得面目全非的化學教室，他們實實在在地感受到了「死裡逃生」這四個字的意義。

不知柏詩妍是被炸死了，還是仍在瓦礫下面掙扎求生，不過韓品儒沒有多餘的心力去思考這些。此時此刻，他只想爲宋櫻和自己找個安全的地方好好休息一下。

現在已是深夜一點，大雨絲毫沒有減緩的跡象，還刮起了陣陣狂風，虛弱的兩人互相扶持著，努力穿過暴風雨，返回了保健室所在的T館。

「糟了！」韓品儒突然想起他們去化學教室的原因，「我忘了拿鉛鹽！」

「放心，鉛鹽在我這裡。」宋櫻冷靜地說，「只是……過了這麼久，恐怕用不著了。」

當他們來到保健室門口的時候，已經做好了迎接丁子晴死亡的心理準備，然而眼前的情景遠遠超出他們的預料。

一名棕髮女孩倚著牆坐在地上，右手按著不斷滲血的側腹，表情極其痛苦，正是胡靜悠。她的身旁趴著中槍身亡的徐勇孝，從他的姿勢來看，多半是爲了保護胡靜悠而死的。

「胡、胡靜悠！」韓品儒連忙上前。

「別……別過來……」

胡靜悠勉強從喉嚨中擠出這幾個字，下一秒，兩道人影從拉上布簾的病床後方現身，他們臉上均戴著小丑面具，手裡拿著玩具般色彩繽紛的手槍。

小丑遭到嚴重燒傷，本應難逃一死，見他竟行動如常，韓品儒和宋櫻都很是詫異。

他們不知道的是，小丑擁有的能力名爲「連環殺手」，持有小丑牌即可發動。只要戴上系統提供的小丑面具，便能獲得一把限持有者本人使用的手槍和一千發子彈，且只要面具完好無損，便可擁有一次瀕死復活的機會。

砰！

小丑猝不及防對著韓品儒的頭部開槍，幸好宋櫻反應夠快及時把他推開，讓他逃過了當場爆頭而亡的命運。

韓品儒和宋櫻火速衝向保健室門口，小丑正要從後方射殺他們，小腿卻傳來劇痛，原來是胡靜悠使盡最後的力氣爬至他腳邊，將一把醫療用剪刀狠狠刺進他的肉裡。

「殺……殺了你……爲君澈……還有勇孝……報仇……」

小丑把目標轉移到胡靜悠身上，瞄準她的頭蓋骨轟了一槍，正式奪走了她的性命。

胡靜悠的犧牲爲韓品儒和宋櫻爭取了逃走的時間，他們衝出保健室後，繼續朝樓梯的方向沒命地奔跑。

砰！

槍聲震動了走廊的空氣，子彈朝韓品儒飛去，韓品儒避過了——但不是刻意避開，而是他突然體力不支，整個人臉朝下摔倒才僥倖避開。

宋櫻走過去想把他扶起，此時又是一記槍響，宋櫻全身一震，彷彿被巨大的鐵球擊中一樣，失去平衡倒在韓品儒身上。

感覺到滾燙的液體從宋櫻體內湧出，不斷地流到他身上來，韓品儒剎那間如墜冰窖。

「不要動……」宋櫻用比呼吸還輕的音量對韓品儒說，「不要發出聲音……閉上……眼睛……」

走廊上響起兩個人的腳步聲，小丑和小丑女一同走來，並在他們身旁停下。

下一秒，一記足以震撼韓品儒靈魂的槍聲響起。

砰！

這顆子彈不是打在韓品儒身上，卻令他感同身受，他用盡了畢生的自制力，這才勉強壓下站起來的衝動。

接著再一記槍響，這次子彈穿過宋櫻的身體，打中了韓品儒的手臂，他死死咬著下唇，即使疼痛難當也不發出半點聲音。

「夠了，不要再開槍了。」小丑女不忍地說，「他們……已經死了。」

小丑從善如流地放下了槍，兩人轉身離開。

整個過程不到一分鐘，韓品儒卻覺得比他的一生還要漫長。

♠ ♥ ♣ ♦

「宋櫻……宋櫻……」

韓品儒反覆呼喚著宋櫻的名字，沒得到任何回應，於是他輕輕地把她推開，爬起身來。

他無視自己也受了傷的事實，只顧檢查宋櫻的傷勢，只見她身中三槍，均是要害，這三個地方汩汩地冒出鮮血，像打翻了紅色油漆一樣，使地面變成一片血窪。

韓品儒身上沾滿宋櫻的血，呆呆地瞧著她，接著突然想起了什麼似的，喃喃地說：「對了，要做心肺復甦……」

他異常冷靜地實行在健教課學過的人工呼吸和胸外按壓，一次又一次地施救，可是無論他怎樣努力地按壓，甚至把肋骨都壓斷了，宋櫻依然絲毫沒有甦醒的跡象。

最終，韓品儒筋疲力竭地癱坐在地，連抬起一根指頭的力量都沒有了。

他凝視著宋櫻了無生氣的臉龐，怔怔地出著神，耳邊宛如響起了世界正在一點一點崩塌的聲音。

從塔羅遊戲到撲克遊戲，他始終倚賴著宋櫻，每次陷入危機時都是宋櫻帶領他走出困境，給予他支持和勇氣。他們的關係早已超越了同學情誼，也不僅僅是朋友，而是某種無法言明，但更爲深刻的羈絆。

宋櫻，爲什麼妳不睜開眼睛呢？妳不是說過不要輕言放棄嗎？妳不是說過我並非單打獨鬥嗎？妳不是說過……會等我的嗎？

韓品儒恍惚地看著宋櫻的屍身，各種疑問在腦海裡不停浮現。

明明很想哭，雙眼卻乾澀得發痛，或許是因爲他的內心仍然抗拒著宋櫻的死亡，彷彿只要他拒絕承認，那道生與死的界線便永遠不會被逾越，宋櫻會一直活著，並且再次睜開眼睛——

「喵~這裡發生了什麼事啊？」

一道童稚的聲音冷不防響起，顏莉佳不知何時來到了此處，像隻好奇的小貓般溜到韓品儒旁邊。

她蹲了下來，用手指沾了一點宋櫻的血，放進嘴裡細細吸吮。

「她的草莓汁也很甜呢～」

「妳、妳不要碰她！」

被韓品儒狠狠地撥開手，顏莉佳裝作委屈地癟了癟小嘴。

「好凶喔，莉佳只是想嚐嚐她的味道而已～」

「不、不要惹我，我不知道現在的自己會做出什麼。」

韓品儒發出恐嚇，不過顏莉佳完全不當一回事，自顧自地在他旁邊坐了下來。

「到底是誰殺死她的啊？」

聽見「死」這個字，韓品儒的心臟用力地緊縮了一下。

「小、小丑……」韓品儒喃喃，比起回答顏莉佳的問題，更像是說給自己聽，「我絕對不會放過他，我……會爲宋櫻報仇。」

「那你打算怎麼報仇？」

這個問題讓韓品儒陷入了沉默。

他們之前打算替柳君澈報仇，那時他們有四個人也沒能成功，如今只剩他孤身一人，而敵人卻增加爲兩個。他眞的能夠替宋櫻報仇嗎？還是會再次落得失敗的下場？

先前他不忍殺人，所以給小丑留了一條生路，可小丑卻反過來殺害了他的同伴，並且奪走了宋櫻的性命。

他以爲心存善念就會獲得同等的回報，正如同他曾由於幫助了被霸凌的巫綺蕾，而獲得了星星的祝福。

可是到頭來，他的善意成了催命符，這樣的話，他眞的有保持善良的必要嗎？

就在韓品儒陷於思考的時候，鈴聲響起。

他看向手機，打扮成小丑的毛線娃娃踩著彩球歡樂出場，手裡還拋擲著三支惡魔棍。

「各位同學晚上好～撲克遊戲已經進行了十個小時啦，是時候讓我們來統計一下目前的排名嘍！Let's GO♥」

小丑娃娃彈了下手指，惡魔棍變成了三張撲克牌，分別是KING、QUEEN和JACK，但上面並不是傳統的人物圖案，取而代之的是李宥翔、柏詩妍和韓品儒的大頭照。

「這三個人就是目前擁有最多撲克牌的前三名嘍，其他同學也不要灰心，時間剩下十四個小時，你們還是有機會的～順帶一提，現在的剩餘人數是五十四人，大家要加油不要死掉唷～啾咪啾咪♥」

「宥翔……果然是第一名嗎？」韓品儒盯著螢幕低聲說，「第二名是柏詩妍，原來她眞的還活著……」

「哎，你很會玩這個遊戲呢，排名第三眞不錯喵～」顏莉佳笑吟吟地把頭湊過來，打斷了他的思考，「莉佳只有五張牌，看來要再努力一點喵～」

聽她這麼說，韓品儒想起了一件事。

「等、等一下……妳的異能是不是叫『第一人稱實況』？那個用在誰身上都可以嗎？」

「更正，是用在任何『活著』的人身上都可以喵～怎麼了？你有想看的人嗎？」

「二、二年A班的……李宥翔。」

「咦？你為什麼想看他？啊，你想搶他的撲克牌是吧？」

韓品儒無視她先入為主的猜測，「妳、妳可以讓我看他的實況嗎？」

「可以是可以啦，但是……莉佳為什麼要幫你呢？」

「我、我會給妳撲克牌。」

「這可是你自己說的喔。」顏莉佳露出帶有一絲狡猾的笑容，「那麼莉佳可以要那些已經啟動過異能的撲克牌嗎？」

「可、可以，不過我要在完成某件事之後才能給妳。」

「哎，看來你不知道喵～」

「不、不知道什麼？」

「啟動過異能的撲克牌是不可以轉讓給其他人登錄的，而且也不能分散或重組成其他牌型喵～」顏莉佳解釋。

「如果你把啟動過異能的撲克牌交給莉佳，莉佳也只能在物理意義上得到它們，而不是眞正持有它們，除非原持有人、也就是你死了～順帶一提，只要是啟動過異能的撲克牌，即使不在持有者身上，持有者也是可以使用能力的喵～」

「原、原來有這樣的潛規則……妳是怎麼發現的？」

「你猜猜莉佳的『第一人稱實況』是怎麼入手的？」

顏莉佳嘴角的笑意讓韓品儒不寒而慄，他大概猜到發生什麼事了。

「妳、妳把原持有者殺了？」

「欸嘿，因為莉佳很想要這個好用的異能喵～」顏莉佳俏皮地敲了下頭並吐吐舌，「如果可以輕鬆轉讓，莉佳也不想用美工刀把別人的喉嚨割斷啊，再說那個人的草莓汁難喝死了～」

韓品儒差點忘了顏莉佳是多麼的危險，和她繼續牽扯下去絕對不會有好事發生，還是及早分道揚鑣為妙。

「那、那就算了，我不麻煩妳幫我看了。」

「哎呀，莉佳也是可以免費幫你一次喵～」顏莉佳拿出手機，在螢幕上點來點去，而後遞給韓品儒，「喏，你看你看～」

韓品儒接過她的手機，只見畫面顯示出一個陰暗的房間，四處堆滿了雜物，靠近角落的地方有個類似金屬箱的大型裝置。

一名梳油頭的男生跪在裝置旁邊，赫然是在播音室見過的張立異，但眼下他的模樣跟先前判若兩人，不再是一副趾高氣昂的樣子。

「我真的……只有一張撲克牌……」張立異涕淚交加地對著「鏡頭」求饒，「我已經交給你們了……求求你們行行好……放過我吧……」

「少來了！你肯定不只有一張，快交出來！」

一名看不清面目的男生狠狠踹了張立異的重要部位一腳，痛得他整個人像胎兒般縮成一團。

「呃……我真的……只有一張……」

「你這傢伙好像有個馬子吧？你是不是把撲克牌交給她了？快說！」另一名男生惡狠狠地質問。

「對……對……」張立異哭著點頭，「你們去找她吧……請放過我……」

畫面還沒結束，顏莉佳便拿回手機。

「欸？」

「想再看就要用撲克牌交換嘍～」顏莉佳眨眨眼睛。

「這、這樣就好，謝謝妳讓我看實況。」

韓品儒不想跟她有過多交集，說完便不再理會她了。

他懷著沉重的心情將宋櫻的遺體搬進附近的教室裡妥善放好，哀傷的情緒翻江倒海襲來，幾乎淹沒了他。

他狠狠掐了自己的大腿一下，強行把悲慟的心情轉換成復仇的怒火，這才勉強遏止了淚水。

「我會回來的……」韓品儒對著宋櫻蒼白的臉低喃，「等我。」

「再見喵～」目送韓品儒逐漸遠去，顏莉佳微笑著說，接著又低聲加了句：「如果還有機會的話。」

根據剛才所見的畫面，李宥翔身處的地方有許多大型雜物和置物架，應該是某個儲物室，那個位於角落的箱形裝置相當眼熟，令韓品儒想起今早曾打算躲進去的焚化爐房。

他先用急救用品處理身上的傷口，吞了些止痛藥，雖然無法使痛楚完全消失，至少比較能忍受了。之後他順便拿了把菜刀，才動身前往焚化爐房。

打開焚化爐房的門，裡頭十分陰暗，只能隱約看到物體的輪廓。

「裡、裡面有人嗎？」韓品儒站在門口問道。

過了良久依然沒有回應，如果不是他弄錯地點，那就是李宥翔等人已經離開。

正當韓品儒也打算離開的時候，房間深處驀地傳出呼救聲。

「救……救命啊！放我出去！」

是張立異的聲音，這也證實了韓品儒的推測。

他稍微準備了一下，接著便開啟手機的手電筒功能，小心翼翼地走進去。

焚化爐房裡沒有其他人，韓品儒經過一排排的置物架和堆積如山的雜物，循聲來到焚化爐前方，透過氣窗對上了張立異瘀青腫脹的眼睛。

「是……是韓品儒嗎……求求你……救救我……放我出去！」

「是、是李宥翔把你關在這裡的嗎？」韓品儒問。

「李……李宥翔？那個轉學生？我、我沒看到他啊……」

「欸？可是……」

「求求你……快點放我出去！」張立異激動地哀求，「晚了就來不及了……他們很快就會回來！」

「把、把你關在這裡的人到底是……」

「是羅……」

「把他關在這裡的人是我。」

韓品儒立刻回頭，說話的是一名痞氣十足的藍灰髮男生，身邊還有兩名也像流氓的跟班。他記得他們是今早在溫室霸凌同學的不良少年三人組，帶頭的藍灰髮男生被喚作「承彥哥」，原來叫羅承彥。

「你是B班那個叫韓什麼的轉學生吧？」羅承彥冷笑著說，「撲克遊戲的訊息說你是目前的第三名，我原本還想去找你，想不到你會自動送上門。你進來這裡是想找什麼人嗎？」

陷阱。

韓品儒頓時驚覺自己掉進了陷阱。

方才顏莉佳雖然把手機給他看，但他並沒有親眼看見她把「第一人稱實況」用在李宥翔身上，按現在的情況來看，他所看到的實況顯然並非李宥翔的，而是羅承彥的。

顏莉佳多半是想藉羅承彥等人的手除掉他，或是讓他們跟他同歸於盡。

「我好像在哪裡見過這傢伙……」染紅髮的跟班上下打量韓品儒，接著瞪大眼睛，「啊，我想起來了！就是這傢伙今天早上用肥料噴我們！」

「原來是你這混蛋！看恁爸打死你！」染金髮的跟班怒吼。

「好好教訓一頓，之後也關進焚化爐吧。」羅承彥冷酷地下令。

金髮跟班大步上前揪住韓品儒的領子，正要用力揍下去的時候，大腿驀地傳來一陣尖銳劇痛。他低頭一瞧，只見自己的左腿長出了一個黑色握柄——是一把菜刀。

金髮跟班發出慘叫，韓品儒收回刀，一把將對方推開，竭盡全力往門口的方向跑去，卻立刻被不良少年們追上。

韓品儒被狠狠按倒在地，菜刀也被踢走，拳頭密集地落在他身上，他本就傷痕累累，眼下慘遭圍毆，之前好不容易止了血的傷口又再次撕裂。

不到三分鐘，韓品儒便被揍得不成人形，毫無還擊之力。

羅承彥掏了掏韓品儒的口袋拿走他的撲克牌，接著命令兩名手下將爛泥般的他左右架起，拖往焚化爐。

「承彥哥，我們乾脆點火燒死他吧！」金髮跟班按著左腿的傷口，恨恨地建議。

「嗯，反正撲克牌到手了，隨便你們玩吧。」

羅承彥拿出打火機，正要點菸的時候，一名外貌嚇人的女生卻出現在焚化爐房門口。

她身上披著幾乎被燒光的紅裙，全身多處皮開肉綻，手裡拿著沾有人血和人體脂肪的太刀，血液正一滴一滴地從刀刃滑落至刀尖，再滴到地上。

「韓品儒……我看到你來了這裡……」充滿怨念的嗓音從柏詩妍的嘴裡傳出，「我絕對不會……放過你！」

「哇塞！這不是B班那個叫柏什麼的醜女嗎？原本已經夠醜了，現在根本就是怪物嘛。」羅承彥冷笑一聲，對兩名手下說：「她可是目前排名第二的玩家，這麼一隻肥羊送上門，接下來要做什麼應該不用我多說吧？」

兩個跟班磨拳擦掌，正要上前教訓柏詩妍，下一秒兩道人影卻從她背後竄出，像狗一樣朝不良少年們直撲過去。

那是一名男同學和一名女同學，身上均有致命刀傷，明顯是不幸被柏詩妍殺害後，再被她用「人形獵犬」操縱。

金髮跟班一時措手不及，頸側被女同學硬生生咬下一大塊肉，他伸手摀住像泉眼一樣不斷噴血的脖子，仍無法阻止血液的大量流失，不出數秒便倒在地上。

紅髮跟班的命運則跟他相反，他及時從雜物堆裡拿了一支空心鐵管作爲武器，在另一名人形獵犬衝過來時捅進對方的肚子開了個洞，鮮血沿著管身不斷流下。

雙方手下交手的同時，羅承彥也抄起一支鐵管迎擊柏詩妍的太刀，只是鐵管完全敵不過太刀，僅是稍微碰撞了一下便斷成兩截。

羅承彥嘖了一聲，當柏詩妍再次砍過來的時候，他馬上往旁邊閃避，並且把紅髮跟班拉過來當肉盾，代替他被太刀砍中。

接著，羅承彥敏捷地繞到柏詩妍背後，用鐵管的斜切面對準她的後頸，一口氣捅了進去。

噗！

柏詩妍宛如被伯勞鳥串起來的獵物，痛苦地掙扎著，身體不停抽搐。等她無力地鬆開手裡的太刀，抽搐也隨之停止，失去了主人的兩頭「獵犬」也恢復成普通的屍體。

「看我把妳做成人肉串燒！」羅承彥笑得和惡鬼一樣猙獰。

趁他們互相廝殺，韓品儒拖著殘破的身體努力爬向門口，無奈他的速度實在太慢，直到雙方分出勝負時，他距離門口仍然頗爲遙遠。

「嗚啊！」

羅承彥走過去重重地踩了韓品儒的背部一腳，韓品儒痛苦地悲鳴，感覺脊椎快要被踩碎了。

「想逃跑？門都沒有！」羅承彥的笑容讓人忍不住戰慄，「你的下場只會有兩種，被關進焚化爐裡跟張立異一起燒死，或是被我捅死，選一個吧！」

「我……我兩種……都……都不選……」韓品儒咬著牙。

「我看把你捅死好像有點太便宜你，還是把你慢慢燒死吧。」

羅承彥抓著韓品儒的頭髮，硬是把他拖到焚化爐前面。

打開焚化爐，一股異臭隨即湧出，只見裡頭堆積著燃燒過的垃圾殘渣，被捆成肉粽的張立異淒慘地待在一角，臭味裡似乎還混雜著排泄物的氣味。

「求求你！放我出去吧！不要燒死我！」張立異一看到羅承彥便哭著求饒。

羅承彥充耳不聞，直接將韓品儒塞進了焚化爐，再把門鎖上。

「不要！不要！求求你……」張立異絕望地淒厲哀號。

韓品儒無力地躺在骯髒的地上，全身上下沒有一處不在疼痛，他的腦袋昏昏沉沉，意識也變得模糊起來。

外面傳來操作機器的聲響，羅承彥多半正在研究點火的方法，不出一會，韓品儒便會和張立異一起被燒成灰燼。

眼前所見的只有一片漆黑，耳裡所聽的只有哀鳴和慘叫，鼻中所聞的只有濃濃惡臭，所謂的煉獄，指的大概就是韓品儒此刻身處的地方。

我快要被活活燒死了……既然左右都是死，我爲什麼要拚命掙扎到現在？或許從一開始就不該……

正當韓品儒恍惚地想著的時候，腦中卻響起另一道聲音。

不，你要努力活下去，絕對不能放棄。你是宋櫻捨命保護才活下來的，你還沒替她報仇，怎能死在這種地方？

「宋櫻……」

這個名字像是某種魔法，當韓品儒呢喃著說出的瞬間，心臟所在的位置宛如燃起了一小撮溫暖的火苗，並且慢慢地越燒越旺，逐漸向全身擴散開來。

沒錯，只要我還沒爲宋櫻報仇，我就不能死……

想到這裡，韓品儒咬了咬牙，強行撐起身，尋找突破困局的關鍵。

他藉著手機的手電筒觀察四周，只見焚化爐的門被關得死死的，完全無法打開。繼續往其他地方檢查，他找到了一個應該是會噴出火焰的圓筒形裝置，旁邊則有一個類似把手的金屬物，再往上的地方還有好幾個。

抬頭望向上方，臉部能微微感受到空氣的流動。

這個難道是……

韓品儒意識到了什麼，趕緊去叫張立異：「張、張立異！」

「求求你！不要點火！我什麼都願意做！不要燒死我……」

張立異仍在聲嘶力竭地哀求羅承彥，韓品儒的叫喚未能傳進他的耳裡。

「聽、聽我說，這裡有——」

韓品儒走過去拍他的肩頭，卻被猛地撞開。

「如果真的要被活活燒死，我寧願自己一頭撞死！」

張立異說完便瘋狂地用頭撞牆，焚化爐裡迴盪著「咚咚咚咚咚」的恐怖回音。

「快、快停下來！」

韓品儒想阻止他，可惜張立異已失去理智，力氣大得驚人，無論韓品儒做什麼都無法使他停下來。

大約一分鐘後，張立異終於變得安靜，卻是因爲撞得頭破血流，失血過多暈倒了。

韓品儒方才發現的金屬物其實能供人踩踏上，只要順著爬就可以爬進焚化爐的煙囪，清潔工人正是藉此來清掃煙囪內壁。

他嘗試把張立異拽過來，然而對方的身體和沙袋一樣沉重，他實在無法帶著人爬上煙囪。雖然不忍心丟下張立異，但羅承彥隨時都會點火，他再不走便太遲了。

獨自爬出煙囪，韓品儒從屋頂跳了下去，成功落在附近的灌木叢上，除了被樹枝稍微割傷外並無大礙。

正當韓品儒打算重返焚化爐房，想辦法把張立異救出來時，卻聽到羅承彥發出了淒厲的慘叫。

「啊啊啊啊啊啊——」

韓品儒十分驚訝，於是偷偷繞回焚化爐房門口，確認究竟發生了什麼事。

只見羅承彥在血泊裡痛苦地打滾著，有如被開水燙到的活豬，他的左手被齊肘砍斷，鮮紅色的可怕切口觸目驚心。

焚化爐房裡不只羅承彥一人，還有一名男生站在他旁邊。

那名男生身材頎長、儀表堂堂，外貌完美得無懈可擊，即使置身於跟屠宰場沒兩樣的焚化爐房，仍散發著同齡人所沒有的氣質。

這一剎，韓品儒凍結在了原地，關於塔羅遊戲的種種記憶被觸動。

他和這個人過去曾是推心置腹的知己好友，至少以韓品儒的角度來看是如此，可在對方殘忍地殺害了他們共同的朋友和其他同學後，兩人便從此形同陌路了。

韓品儒拿出手機準備等等會用到的異能，接著藉由羅承彥的慘叫掩蓋自己的腳步聲，悄悄進入了焚化爐房，撿起之前被踢掉的菜刀。

他雖然盡量放輕了動作，不過還是被發現了，趁著那名男生的注意力被分散之際，羅承彥抓緊機會從地上爬起，使盡吃奶的力氣奪門而逃。

「李宥翔。」韓品儒說出那名男生的名字。

「你讓我快要到手的撲克牌跑了。」李宥翔望著羅承彥離去的背影。

「我一直在找你。」

「眞巧，我也是。可以先問你找我有什麼事嗎？」

「宋櫻她……被小丑殺死了。」韓品儒強忍痛苦道出事實，「我想替她報仇，可是……

單憑我一人的力量並不足夠。」

「小丑……你是說那個槍手嗎？」

「沒錯，要是你願意幫我打倒他的話，我會給予相應的報酬。」

「如果你說的報酬是撲克牌，那正好是我找你的原因。」李宥翔淡淡地說，「我不想費事，可以請你直接把牌交出來嗎？」

「你的眼中就只有撲克牌嗎？」韓品儒一陣無名火起，「開口閉口都是撲克牌，對你而言，卡牌比朋友和同學都重要？」

李宥翔沒有回答，焚化爐房陷入了靜寂，唯一的聲響只有從外面傳來的滂沱雨聲。

「宥翔，你曾是我憧憬的對象。」

韓品儒低聲說道。

「雖然你是大家口中的人生勝利組，但是你並未因此驕傲自大，相反的，你比任何人都努力不懈，總是憑藉實力讓大家心悅誠服。只要你願意的話，相信很多人都想成爲你的朋友，可是你卻對毫不起眼的我伸出了友誼之手。我曾發誓要不惜一切守護這份友情，直到你……殺死了郁謙爲止。」

李宥翔默不作聲，僅僅是安靜地傾聽他的自白。

「其實直到現在……我還是不太敢相信你會做出那樣的事。」韓品儒的嗓音充滿了悲傷，「且不提其他同學，郁謙他……可是你的朋友，你爲什麼下得了手？你……你明明不是這樣的人啊。」

片刻過後，李宥翔用彷彿帶著嘆息的語氣說：「事實上我就是這樣的人，只是……你以前不曉得而已。怎樣都好，我找你是爲了獲得撲克牌，可以請你乾脆點交出來嗎？」

到頭來李宥翔還是只在乎卡牌，韓品儒有種心死的感覺。他不再說話，迅速用手機鏡頭對準了李宥翔，而李宥翔亦在同一時間作出反應，啟動名爲「四大元素」的異能，將由空氣壓縮而成的刀刃射向韓品儒。

「四大元素」可在湊成「同花順（Straight Flush）」後獲得，此異能顧名思義分成風、水、火、土四種元素，能造成攻擊、治療、防禦、困敵等不同效果。

韓品儒立即閃避，雖然避過了被刺中心臟，右肩仍遭到無形的刀刃貫穿。

奇怪的是，受傷的不僅是他，李宥翔的右肩也同時被撕裂，傷口的狀況跟他一模一樣。

「你要感謝我避開了要害。」韓品儒冷冷表示，「不然我們此刻已經是兩具屍體了。」

「這是……能夠把傷口分享給其他人的異能？」李宥翔按著傷處，皺起了眉頭。

「這個異能叫『命運共同體』。」韓品儒用菜刀抵著自己的頸動脈，「如果你不肯幫我，我會劃下去和你同歸於盡。不要以爲我是在開玩笑，爲宋櫻報仇是我依然活著的理由，要是無法辦到，活下去也沒有意思。」

「你先冷靜一點。」

李宥翔微微蹙著眉，眼睛緊盯著韓品儒手裡的刀，那同時也是一把抵在他脖子上的刀。

「若你眞的想爲宋櫻報仇，那就絕對不能衝動行事。我願意提供協助，不過我希望能站在平等的立場來幫你，而不是被你用武力要脅。你先把刀放下，我們從長計議，好嗎？」

「假如是在以前，我大概會答應吧？但是現在的我不會再上當了。」韓品儒不爲所動，「提供幫助或是死在這裡，你只能選一個。」

兩人靜靜地對峙，李宥翔始終維持著同樣的表情，讓人無法猜度他的心思。

「看來我是別無選擇了。」李宥翔轉過身去，語氣冰冷，「在我殺死小丑後，希望你會遵守承諾解除『命運共同體』。」

♠ ♥ ♣ ♦

韓品儒把張立異從焚化爐裡放了出來，差點被燒死的經歷重創了他的精神狀態，他的樣子像一下子老了十歲。

李宥翔使用水元素治好自己和韓品儒身上的傷口，之後便步出焚化爐房，並對韓品儒說：「我現在去對付那個小丑，事成後會傳訊息通知你。」

「我跟你一起去，我要親眼看著小丑死去，還有我要確保你依約行動。」

「老實說，你在場的話等於多了個活靶，我不想在防禦方面浪費太多力氣。」

「不要說得好像我會拖累你一樣，我也有異能。」韓品儒不服地反駁，「除了『命運共同體』，我還有『鍊金固化』這項可以將物品加固的能力。」

「那有攻擊型的能力嗎？」

「這是沒有，但——」

就在此時，某處突然傳來槍聲，破空而來的子彈差點擊中他們。一對戴著面具的男女正站在稍遠的地方，虎視眈眈地盯著韓品儒和李宥翔。

「我以為你說的小丑只有一個人？」李宥翔不解地問。

「小丑確實只有一個人，旁邊的女生是他的同夥。」

「對方有兩個人的話，情況就有點不同了。」李宥翔沉吟。

「你有辦法對付嗎？」

「先把他們引去一個地方再說。」

韓品儒跟在李宥翔後面，兩人穿過偌大的運動場直奔體育館。

進入體育館後，占據視線的並非平常用作集會和上體育課的廣闊空間，而是一個巨大無比的黑色長方體，高度超過三公尺，占地則差不多有整座體育館那麼大。此外，體育館的角落有好幾張工作桌，上面放滿了頭套、服裝、化妝品、道具等等，旁邊還有幾個塗裝到一半的等身大模型。

「這個是……你們班的鬼屋迷宮？」韓品儒問。

李宥翔點點頭，「這個迷宮的路線和機關是我負責規劃的，即使同是A班的人也不能完全掌握。」

接著，李宥翔掀開迷宮入口的布簾，帶領韓品儒入內，邊走邊低聲向他解釋接下來的計畫。

「等小丑和小丑女進來這個迷宮，我會啟動名為『結界增殖』的異能，把所有人困在裡面，除非我死亡或離開迷宮，或是異能進入冷卻時間，否則沒人可以從迷宮脫身。之後我會利用迷宮的機關和『四大元素』，將他們一網打盡。」

如今親身踏足迷宮，韓品儒終於明白爲什麼會有人將之評價爲「超越高中生的水準」。一般高中生設計出來的鬼屋迷宮，頂多是在教室裡用厚紙板或活動式白板隔出通道，行走路線簡單直接，幾乎沒有挑戰性可言，然而眼前的景象顛覆了他的認知。

——鏡子。

這個迷宮的牆壁是以鏡子緊密地並列而成，每面鏡子都用特殊的金屬架和零件牢牢地固定和支撐著，不易拆卸或推倒。

除了平面鏡，還有凹面鏡、凸面鏡，甚至是波浪狀的鏡子，走在通道中的人會看見自己的身影在鏡子裡不斷放大縮小、拉長壓扁，複製出無窮無盡的身影，猶如走進了作家筆下的鏡之地獄。

這些鏡子經過精心排列形成錯綜複雜的路線，韓品儒起初還勉強記得走過的路，但在穿過幾條通道、拐了幾次彎後，他便徹底迷失在了這個萬花筒般光怪陸離的空間裡。

來到一條狹窄得僅能容一人穿過的通道時，只見周遭明明全是鏡子，卻無法映照出身影。正疑惑之際，燈光一變，鏡子裡冷不防多了無數個張牙舞爪的厲鬼，嚇得韓品儒差點叫出來。

「在迷宮走動時會觸發各種機關，不要被嚇到了。」李宥翔的語氣似乎隱隱帶了點笑意。

就在此時，迷宮裡響起另外兩個腳步聲，想必是小丑和小丑女進來了。

李宥翔頓時加快前進的步伐，韓品儒也連忙跟上。

拐過一處轉角時，韓品儒瞧見前方李宥翔的身體被切成兩半，隨後又出現在不可能一秒抵達的地方。

他知道這僅僅是鏡子造成的錯覺，於是加緊腳步想追上李宥翔，卻錯把鏡子當成通道，一頭撞了上去。

砰！

封閉的迷宮裡響起震撼耳膜的槍聲，聽起來近在咫尺，韓品儒卻看不到四周有其他人，鏡子裡滿滿的只有他自己的身影。

戒慎恐懼地繞過幾面鏡子後，他驀地被無數張放大的恐怖小丑臉包圍，那影像前後左右地重重環繞著他，嚇得他心臟似要痲痺。

小丑和小丑女乍然現身，小丑那黑洞般的槍口對準了他。

韓品儒走避不及，卻在「砰」的一聲槍響後發現自己毫髮無損，只是有面鏡子被射穿了一個洞，留下蛛網般的裂痕——小丑顯然是誤把鏡中的影像當成眞人了。

韓品儒趕緊逃跑，可是他不熟悉迷宮的布置，陰錯陽差地闖進了一條死路，身後和兩邊都是鏡子，僅有的出路被小丑和小丑女堵住，陷入了困獸之局。

正當小丑要扣下扳機時，周遭的鏡子突然沿著地上的軌道滑動起來，把韓品儒和敵人分隔開，爲他製造了出路。接著鏡子更組成了多層牆壁，將小丑和小丑女困在裡頭。

啟動鏡子機關的人自然是李宥翔，他從一面鏡子後方現身，低聲詢問韓品儒：「可以用

『鍊金固化』把這些鏡子加固嗎？」

「太多了，如果只有一面還好……」

下一秒，鏡牆裡傳出連續的槍響，鏡子劈里啪啦碎了一地，小丑和小丑女殺出重圍，朝韓品儒和李宥翔密集射擊。

李宥翔先是使用「四大元素」的火元素創造出一面網子，把子彈盡數擋下，之後再向小丑和小丑女射出氣刃，逼得他們分別往不同的通道走避。

李宥翔追上了小丑女，使用土元素令她腳下的地面變成泥沼，限制了她的行動。正當他要一舉擊殺對方時，韓品儒卻出聲阻止。

「等一下，不要殺她！」

「你不是要爲宋櫻報仇嗎？」

「沒錯，但殺死宋櫻的是小丑，不是她。」

「如、如果妳現在投降的話，我保證不會傷害妳。」韓品儒接著對小丑女說，「我、我知道妳極力避免傷害別人，跟那個小丑不一樣。」

「我不會投降的。」小丑女低著頭，「我會竭盡全力幫助他完成目標，哪怕要我豁出這條命……只有這樣，才能補償我對他犯下的罪過……」

「那、那個小丑的眞正身分到底是……」

「他是……」

話沒說完，小丑女冷不防向他們開槍，李宥翔馬上以火網抵擋，同一時間，小丑舉著槍的身影出現在鏡子裡，韓品儒使用「鍊金固化」把一面鏡子加固成金屬盾牌，亦成功擋下了子彈。

「終於找到你們了……」

此時，一道透著瘋狂的嗓音傳來，隨之現身的是羅承彥。

被切下左前臂的他用繃帶草草包紮了傷口，鮮血仍在不斷滴落，右手則是拿著一把明晃晃的太刀。跟在他身後的，是兩名像狗一樣伏在地上，頭髮分別染成金色和紅色的男生。

李宥翔的「結界增殖」只能防止裡頭的人出去，無法阻止外面的人進來，因此羅承彥可以輕易帶著手下闖入迷宮。

「我不會放過你們的……給我上！」

羅承彥從死去的柏詩妍身上得到了「幻人斬」和「人形獵犬」這項兩項異能，並且將「人形獵犬」用在兩個跟班的屍體上。

一接到命令，兩名跟班立刻像餓虎撲羊般，涎著口水朝韓品儒和李宥翔飛撲過去。

李宥翔以土沼把紅髮跟班困在原地，並且在金髮跟班碰到他們之前，射出氣刃切斷了對方的左腳。

「我的『四大元素』快要進入冷卻時間了。」李宥翔壓低嗓音對韓品儒說，「我們先去避一避。」

見韓品儒和李宥翔打算逃走，羅承彥自然不會放過，正要追上去時，耳邊卻傳來「砰」的一聲巨響，鮮血濺上了鏡子。

他摸著被射傷的耳朵回頭，對小丑和小丑女露出歪斜的笑容。

「你們兩個好像滿適合當我的狗，我等等就用你們來獵殺那兩個傢伙吧——給我咬死他們！」

金髮跟班雖然失去了左腳，收到命令後依舊從地上躍起，張著與裂嘴女相比也毫不遜色的大嘴咬向小丑，至於小丑女則由羅承彥親自對付。

「我原本是不殺女人的，不過在殺了柏詩妍後，我發現……殺女人比殺男人更爽！」

羅承彥獰笑著說出病態的宣言，握著太刀朝小丑女正臉砍去。

困住小丑女的土沼剛好在此時失去效果，小丑女有驚無險地閃過這一刀，但面具仍被砍碎，露出了真正的容貌。

「咦？這不是夏螢嗎？」

羅承彥認出了小丑女的真面目，正是二年A班的夏螢。她的性格開朗活潑，在班上朋友眾多，在校園裡也總是和朋友們結伴行動。

夏螢沒有回應羅承彥，並不戀戰的她一逮到機會便要逃走，可是羅承彥卻對她窮追猛打，一招比一招狠辣。

羅承彥一刀揮出，夏螢沒能避開，肩頭被砍個正著，連鎖骨也被砍斷，不過她馬上回敬一槍，確確實實地打中了羅承彥的大腿。

羅承彥悶哼一聲，失去平衡倒在地上，夏螢只想奪走他的行動力，達成目的後就不再攻擊。哪知羅承彥僅是佯裝受傷，趁著夏螢鬆懈之際，他一個奮起，往她的後背直劈而去。

砰！

隨著一聲槍響，羅承彥的手臂被子彈射穿，太刀隨即脫手，恢復成普通的鉛筆。他暗叫不妙，趕緊想撿起掉到地上的鉛筆，手掌卻再次中彈。

開槍的人自然是小丑，他把兩個跟班的軀體破壞到再也動彈不得後，便趕了過來幫助夏螢。

羅承彥失去了武器和手下，面對兩名持槍的敵人，他只剩逃跑這個選項。

在持有太刀的期間，他受到的傷害會打折，身體也感受不到痛楚，然而太刀一脫手，難以承受的劇痛便瞬間回籠。

但身上再痛，羅承彥都不敢停留在原地。他勉強拖著右腿逃走的背影狼狽無比，而小丑並沒有因此放他一馬，還賞了他臀部一顆子彈。

「啊！」

羅承彥慘叫著摔倒在地，他不甘心就此赴死，繼續艱難地在地上爬行，汩汩流出的鮮血在地面拖出一道殘忍的痕跡。

當發現自己抵達了通道的盡頭時，恐懼在剎那間竄遍他的全身。羅承彥回過頭，兩名戴著小丑面具的死神就在眼前。

「求求你們……不要殺我！」他氣焰盡失，把尊嚴拋到了九霄雲外，「你們只是想要撲克牌吧？我全都給你們！放過我吧！」

小丑不吃這套，舉槍射中他的手臂。

「好痛……好痛……」羅承彥痛不欲生，流著淚呻吟。

小丑接著又朝他的小腿開槍，猶如貓戲鼠一樣，硬是不肯給羅承彥一個痛快。

「不要再折磨我了……快一槍打死我吧……」

小丑慢慢地走到羅承彥面前，蹲下身令視線跟他在同一個水平，用槍抵在他的額頭上。

透過面具與小丑四目相接的瞬間，羅承彥瞪大了眼睛，像是看到了某種不存在於世上的怪物。

他的表情混合了驚訝、恐懼、輕蔑……更多的是絕望。

「你……你是……」

羅承彥說著，突然嘆了口氣，垂下頭來，認命似的閉上眼睛。可是過了好一會，死亡遲遲未如預期降臨，他再次睜眼，只見小丑收回了槍，和小丑女夏螢一起轉身離開。

「殺了我吧！求求你……殺了我吧！」

羅承彥狼嚎般的慘叫在迷宮裡迴盪，而小丑始終沒有回去給他最後一擊，任由他在劇痛中慢慢步向死亡。

小丑和夏螢在迷宮裡繞來繞去，把所有路線反覆走了好幾遍，卻依舊找不到韓品儒和李宥翔。

兩人嘗試使用摸著一側牆壁的方法尋找出口，卻以失敗收場，即使好不容易找到了疑似出口的地方，走過去後也會返回原地，宛如迷宮會不停循環增殖一樣。

他們意識到自己大概是被困在某個人的異能之中。

無計可施之下，他們只好不斷向鏡子開槍，盡可能地將周遭的鏡子粉碎殆盡，然而迷宮裡的鏡子實在太多了，彷彿永無止境，根本沒辦法全數破壞。

他們越是心急，就陷得越深，四周的鏡子帶給他們極大的精神壓力，看著自己的身影在鏡子中一次又一次地扭曲、變形、切割、粉碎、撕裂……會有種快要被逼瘋的感覺。

夏螢被身上的傷勢拖累，漸漸撐不下去，她的眼前驀地一陣天旋地轉，接著就往地面倒了下去。

小丑及時扶住夏螢，只聽見她神智不清地呢喃：「我……撐不下去了……你自己一個人逃吧……」

小丑沒有吭聲，僅是蹲下身準備把軟泥般的她背起來，此時一道氣刃急速殺至，貫穿了他的心臟——若是他沒有及時避開的話。

小丑站在狹長的通道中間，左右均有敵人，韓品儒和李宥翔在一端，化為人形獵犬的羅承彥在另一端。

下一秒，羅承彥張牙舞爪地撲向小丑，小丑立刻亂槍掃射，徹底破壞羅承彥的腦部組織，使對方再也無法動彈。

對付完羅承彥，小丑隨即轉身迎戰另一邊的韓品儒和李宥翔，他食指快速連動，掀起一場連綿不絕的子彈風暴。

李宥翔再度用火網擋下子彈，並以土沼限制小丑的行動，最後放出氣刃造成重創，令小丑連面具都出現裂痕——整套動作一氣呵成，小丑幾乎毫無招架之力。

李宥翔走過去撿起小丑掉在地上的手槍，試過不能開槍後，把槍收了起來。

「這次我應該可以直接了結他了吧？」李宥翔向韓品儒確認。

「再稍微等一下。我想在他死之前，親口問問他爲什麼要殺死宋櫻，爲什麼要殺死柳君澈、胡靜悠、徐勇孝……還有許多同學。」

李宥翔明白無法阻止韓品儒，只好任由對方接近小丑，他自己則是緊盯著小丑的一舉一動，絲毫不敢掉以輕心，以防小丑瀕死反抗。

韓品儒一步步地走到渾身浴血、委頓在地的小丑面前，正要掀開那張猙獰的面具時，背後傳來一道冷若冰霜的聲音。

「你們馬上解除異能讓我們離開，否則我就開槍。」

韓品儒循聲望去，只見夏螢正用槍指著李宥翔的背部，只要她扣下扳機，子彈就會貫穿心臟。

「妳、妳不是這樣的人，請住手吧。」韓品儒對她說。

「解、除、異、能。」

夏螢的態度極其強硬，完全沒有轉圜的餘地，李宥翔只好遵照她的話，拿出手機解除「結界增殖」。

趁夏螢的注意力轉向李宥翔的手機，韓品儒迅速將鉛筆化爲太刀，像介錯人一樣把小丑的脖子置於刀下。

剛才羅承彥死後，他和李宥翔瓜分了羅承彥身上的撲克牌，李宥翔獲得「人形獵犬」，韓品儒除了取回自己被羅承彥奪走的牌，還拿到了「幻人斬」。

韓品儒和夏螢分別挾持著對方的夥伴，彼此僵持不下，陷入了膠著的狀態。

「這、這樣做並沒有任何意義。」韓品儒再度開口，「妳、妳把槍放下，我也會把刀放下。」

「我不相信你。」夏螢冷冷地說。

「李、李宥翔只是被我威脅，才不得已跟我結成臨時盟友，即使妳殺了他，對我而言也僅僅是少了一顆棋子而已。相、相反的，這個戴小丑面具的男生對妳來說卻有重大意義，我手上的籌碼明顯比妳的強得多，妳跟我交易絕對是穩賺不賠。」

夏螢沉默了一會，接著面具下傳出苦澀的嗓音。

「如果他只是棋子……你的手為什麼在顫抖？你的眼神為什麼充滿了恐懼？你……在害怕，害怕李宥翔會被我殺死，正如我害怕他會被你殺死一樣。李宥翔在你心裡的分量，還有他在我心裡的分量，兩者並無不同。」

兩人不再說話，迷宮裡死寂一片，唯一的聲音只有從外頭的狂暴雨聲。

「這樣下去沒完沒了。」李宥翔打破沉默，「讓我帶你們去迷宮的出口吧。到了那裡，韓品儒會先把他的人質放了，之後要不要放我，那就悉聽尊便。」

夏螢現在只是靠意志力勉強支撐，差不多已經到達了極限，若是打持久戰吃虧的絕對是她。因此儘管不太願意，她也只能按照李宥翔的話去做。

李宥翔走在最前面，夏螢用槍抵著他緊跟在後，再來是小丑，以及用太刀挾持著小丑的韓品儒。

這支彆扭的隊伍由李宥翔帶領著，在迷宮裡轉來轉去走了好一會，仍未抵達出口。

「不要耍花招！」夏螢向李宥翔施壓，「怎麼還沒到出口？」

「這裡就是出口了。」李宥翔說。

「這裡是……出口？」

他們此刻所處的地方是一條死路，亦是羅承彥喪命的地方，地上留有大灘鮮紅的血跡。

「沒錯。」李宥翔踏前一步，伸手去摸其中一面鏡子，「出口就在這面鏡子後面。」

隨著李宥翔啟動機關，數具塗裝成屍體的假人忽地從上方落下，剛好擋在李宥翔和夏螢之間，形成一道屏障。

李宥翔接著迅速推開那面可旋轉的鏡子，夏螢果斷地扣下扳機，可惜射中的只有假人和鏡子，李宥翔早已逃之夭夭。

失去了人質，夏螢趕緊回頭去確認小丑的狀況，只見韓品儒已經動手，刀刃稍微陷進了小丑的脖子，鮮血蜿蜒而下。

但韓品儒並未繼續加深這道傷口，此生從未殺害過任何人的他，對於要奪取生命依舊相當猶豫。他暗罵自己的優柔寡斷，爲什麼到了這種時候仍無法下狠手，先前所受的教訓難道還不夠嗎？

「不……不要……」夏螢臉色發白，雙唇不住哆嗦，「求……求你……」

下一秒，小丑像是再也受不了這樣拖泥帶水地活受罪，突然一歪頭主動撞向刀刃。

韓品儒沒料到他會有此一舉，嚇得放開了刀柄，使其還原成鉛筆，然而已於事無補。隨著頸動脈破裂，大量血液如泉水般噴湧而出，濺滿了周遭的鏡子，也濺了韓品儒一身。

夏螢呆立在原地，她腦中空白了數秒，隨後發出撕心裂肺的淒楚哀號。

「不要——」

小丑倚著鏡子，緩緩地倒在地上，像一個彈簧鬆弛的發條小丑玩偶。

夏螢失魂落魄、磕磕絆絆地走到他身旁，把那個恐怖的面具解開，露出底下那張憔悴蒼白得嚇人的臉龐。

那雙宛若滲進了雨水的灰色眼睛裡，滿滿都是夏螢的身影。

韓品儒默默地注視著這一幕，之前小丑對他手下留情時，他便模糊地想到了某個人，結果真的就是今早被霸凌的那個男生——時雨澤。

「對不起對不起對不起對不起對不起對不起……」夏螢淚如泉湧，不斷地向時雨澤道歉，「我不該無視你的處境，我不該裝作不認識你，我……」

「妳不需要道歉……」時雨澤用低啞的嗓音說，「有妳陪我走過這段最後的路……我已經沒有遺憾了……」

時雨澤長期遭受霸凌，就連青梅竹馬的夏螢都和他形同陌路，他早已生不如死，對這個灰色的世界毫無留戀。

可是在遊戲開始後，他獲得了小丑牌和名為「連環殺手」的異能。這張牌在他灰暗的世界滴下了一滴鮮豔的血紅，並且擴散至每個角落。

盡。

那一刻他下定決心，既然橫豎都是死，那他要讓整個世界染滿血腥，拉著所有人同歸於

在大開殺戒的時候，他遇見了今早曾經幫助他的韓品儒。對於是否該殺死韓品儒，他有過片刻猶豫，然而最終決定一視同仁。

讓他萬萬想不到的是，之後夏螢也找到小丑牌，且決心要與他並肩作戰。他並不希望夏螢走上相同的命途，但事已至此，他們再也沒有退路了。

「不……我錯了……」夏螢緊緊地握著時雨澤的手，淚水一滴一滴地落在上面，「眞的……眞的……很對不起……」

埋藏在腦海深處，卻不曾褪色的記憶一幕幕地浮現眼前——

最初的記憶是個小雨初晴的日子。夏螢在自家後院尋找小蝸牛時，透過籬笆看到隔壁家的時雨澤正埋頭看書，於是大著膽子走過去，問他要不要一起玩。

第二段記憶是個和風細雨的日子。夏螢和時雨澤撐著小傘走在放學的路上，故意踢起水花把彼此濺得一身溼，並且相約等放晴的時候要一起去公園玩。

第三段記憶是個大雨如注的日子。夏螢坐在搬家公司的貨車上泣不成聲，哭著向時雨澤揮手道別，懇求他不要忘記自己，那天是她第一次見到時雨澤的眼淚。

第四段記憶是個陰雨綿綿的日子。夏螢收到時雨澤寄給她的親筆信，但是字跡已被雨水弄糊，夏螢隨手把信放在之前的信件上，跑去跟新結識的朋友玩。

第五段記憶是個山雨欲來的日子。夏螢搬回老家，和時雨澤在聖櫻高中重逢，兩人注視

著熟悉卻又陌生的彼此，心裡有無數想說的話，卻選擇了沉默。

第六段記憶是個疾風暴雨的日子。時雨澤的書包被同學扔進排水溝裡，書本和文具都被汙水沖走，夏螢雖然目睹了一切，卻視而不見，急匆匆地離開了現場。

第七段記憶是個腥風血雨的日子。時雨澤被不良少年圍毆倒地，遍體鱗傷，鮮血和雨水匯流成河，夏螢怕被連累，再次選擇了逃避，內心卻默默淌血。

最後的記憶是個淒風苦雨的日子。夏螢爲了彌補曾經做過的一切，戴上了跟時雨澤相似的面具，與他並肩對抗這個世界，她再也不會無視那雙灰眸了。

「那些下雨的日子……我永遠不會忘記……妳要勝出這個遊戲……連著我的份……活下去……」

時雨澤艱難地說出最後一句話，便在夏螢懷裡陷入了長眠。

確認時雨澤再無任何生命氣息，韓品儒離開了迷宮和體育館。

逗留在體育館的這段時間裡，外面的雨勢仍然強勁。韓品儒看著連接天與地的萬千雨絲，明明成功爲宋櫻報了仇，他的心情卻變得更加沉重，整個人被濃濃的溼氣纏繞，難受得快要窒息。

「他死了嗎？」

聞言，韓品儒轉過頭去，正是李宥翔。

「嗯。」韓品儒低聲回應。

「那麼我可以請你兌現承諾嗎？」李宥翔問。

「我早就兌現了……在我們進入體育館之前，我就解除了『命運共同體』，我從來沒打算讓你因爲我受傷或死亡。」

韓品儒直視李宥翔黑色玻璃珠似的眼睛。

「我已經沒有可以威脅你的東西了，如果你想要撲克牌，可以隨時殺了我。反正我爲宋櫻報了仇，可以了無牽掛地去死了。」

李宥翔沉默了一會，而後淡淡開口。

「剛才我以爲你是怕被『命運共同體』連累，所以才這麼害怕……但似乎不是這樣。」

拋下這句話後，李宥翔轉身離去，獨留韓品儒一個人在雨中。

復仇的快感如潮水般退去，剩下來的只有無盡的空虛。沒錯，他是成功爲宋櫻報了仇，可是宋櫻並不會因此回來。他想不到自己還可以做什麼，宋櫻所在的地方似乎是他唯一的歸宿，他決定要回去陪著她。

正要邁步時，身後驀地傳來巨響，韓品儒的背部被某種硬物貫穿，皮膚彷彿被火燒灼，一陣麻痺。他還來不及搞清楚是怎麼回事，劇痛馬上鋪天蓋地襲來，溫熱的液體從胸口流出，他雙膝一軟倒在地上。

在逐漸模糊的視線中，他見到一名戴著小丑面具的女生走來，手持彩色手槍，正是夏螢。

這樣……就好……

韓品儒朦朦朧朧地心想，枕著遍地血水，再無遺憾地闔上了眼睛。

005 方塊國王

最初意識感覺到的，是壓在臉上的木製桌子，一股屬於木頭的淡香充斥鼻腔。

韓品儒緩緩睜開眼睛，抬起頭來，映入眼簾的是一個偌大的房間，深綠色的黑板、講臺，整齊排列的課桌和座椅，正是每天都會看到的教室。

此刻他坐在教室最後排靠窗的座位，窗外晨光初現，微風送爽，幾片粉色花瓣飄進了教室，其中一片恰巧擦過他的脖子，讓他覺得有點癢。

教室裡不只他一個人，還有另一名少女。

那名少女坐在前排的一張課桌上滑手機，全身被一層柔和的光芒包裹著，給人一種極不眞實的感覺。

她那修長的雙腿在制服裙下交疊，隱約可見大腿上有櫻花圖案的刺青，一頭長髮如瀑布般傾瀉，遮擋住她的面容。

下一秒，少女用纖細的手指把髮絲撩到耳後，露出了輪廓分明的側臉。她的左眼下方有兩顆小小的淚痣，表情帶著幾分冷淡的氣息。

「宋櫻？」韓品儒下意識地喚出她的名字。

少女回過頭，嘴角揚起了一抹習慣性的冷笑，正是宋櫻。

韓品儒清楚記得宋櫻中槍身亡了，他不只一次確認過她的心跳和呼吸皆已停止，而他自己也被夏螢開槍射中心臟而死。

他發呆了數秒，脫口問道：「這裡是……死後的世界嗎？」

宋櫻沒有回答他的問題，只是從課桌上起身，慢慢地走到他面前，伸出雙手抱住他。

「如果在死後也能感受到這樣的溫暖，那也不錯呢。」宋櫻嘆息似的在他耳邊說，「但事實上……我們仍然活著。」

一瞬間，韓品儒的眼淚奪眶而出，他緊緊地回擁住她，彷彿這輩子再也不會放開。

感受著宋櫻的體溫和心跳，他以前從不曾發現，原來人類的身軀是這樣的溫暖，人類的心跳是這樣的美好。

「我以爲……我們已經死了……」他哽咽著。

「如果不是那個雙色頭，我們確實已經死了。」宋櫻回應。

「雙色頭？」

這時，一道帶著笑意的嗓音響起。

「唉唷唉唷，請不要在單身汪面前放閃好嗎？」

聽到這句話，韓品儒尷尬得滿臉通紅，不由得放開了宋櫻。他轉頭去看聲音來源，只見教室門口站著一名深膚色的女生。

她戴著誇張的星形眼鏡，波浪般的長髮綁成低雙馬尾，分別挑染成漸變的粉紫色和粉紅色，脖子和手腕戴了一大串閃亮亮的飾品，全身上下加起來最少犯了十條校規。

這名女生的造型實在太過特殊，就連不擅長認人的韓品儒也對她有印象，正要打招呼的時候，對方卻一臉興奮地搶先衝過來，雙手抓著他的手猛搖。

「嗷嗷嗷嗷！你終於醒了！你都不知道我等了多久，都等到快要睡著啦！我跟你說喔，如果小櫻沒有帶我去找你，你現在已經死翹翹啦！可是你也不必太感激我，因爲我也是對你有興趣才去救你的哈哈……」

宋櫻不耐煩地把韓品儒的手從她手中抽走。

「妳就不能長話短說嗎？」

「好的好的，但自我介紹還是不能少喔！這是我的名片，請多多指教啦，小品儒！」

雙色頭女生用做了水晶指甲的雙手，向韓品儒遞出一張印有花俏小鹿圖案的名片，上面的文字寫著「聖櫻高中　都市傳說研究社　社長☆殷鹿☆」。

「請、請多多指教，殷鹿……同學。」

「你好有禮貌喔！不過不用在後面加同學啦，親切點直接叫我的名字就可以了，叫小鹿鹿也完全OK！如果我們都能活下來的話，希望你能加入都傳研唷！我們社團的活動超豐富的，包括每月一次的夜遊——」

「還是由我來說吧。」宋櫻決定徹底打斷她，「小韓，她是二年A班的殷鹿，其餘不重要。剛才她用『生物時鐘』救了我，之後也救了你。」

宋櫻接著解釋，「生物時鐘」的啟動條件是湊成「四條（Four of a kind）」，效果是可逆轉包括屍體在內任何有機物的時間，將之回復到較早時間的狀態，最多總共可逆轉十二小時，但不能用在持有者本人和曾經持有的人身上。

殷鹿在宋櫻身上用了八小時，在韓品儒身上用了四小時，也就是把所有限額全用光了。

「還有，她似乎對『聖楓高中屠殺事件』頗有研究。」宋櫻加了這麼一句。

韓品儒「咦」了一聲。

「我這個人啊，最喜歡的就是都市傳說了！」

說到喜愛的話題，殷鹿的兩眼彷彿射出了光芒。

「什麼紅衣小女孩、憂鬱的星期天、血腥瑪麗、夢男等等，我統統研究過，更別說之前夯翻天的『聖楓高中屠殺事件』！」

聽她用「夯翻天」來形容那個事件，韓品儒有種五味雜陳的感覺。

「自從轉來這間學校後，我每天都被這個雙色頭纏著問東問西，煩都煩死了。」宋櫻板著臉。

「歹勢歹勢，因爲妳是事件的倖存者嘛，我當然想從妳口中問出第一手情報嘍！」

殷鹿笑嘻嘻地說。

「其實我也找過李宥翔，他溫文有禮，人又帥得不得了，不過只要稍微提到相關的事情，他就會不著痕跡地帶過，簡直滴水不漏！至於小品儒雖然長著一張好人臉，看起來很容易套話，可是卻不太願意跟其他人接觸，又常常不知道自己躲到哪裡去，想找也找不著——」

「總之妳在他們身上什麼都問不出來就對了。」宋櫻冷冷地說，「那妳爲什麼老是纏著我？我什麼時候給妳一種很好套話的錯覺了？」

「哎呀，用刪去法就只剩下小櫻妳了嘛。」殷鹿仍是一副嘻皮笑臉的樣子，「可惜小櫻妳也死活不肯說出眞相，還用武力威脅我不准再調查下去，實在太傷我的心啦。但你們不說也沒關係，反正我還是可以透過其他途徑了解，嘿嘿。」

「這傢伙之前去了聖楓高中，在那裡大鬧了一場。」宋櫻告訴韓品儒，「她偷偷潛入了學校，抓著學生劈頭就問有沒有屠殺事件的八卦，結果被趕了出來。她還誇張到跑去警察局想偷翻內部檔案，只是沒成功就是了。」

「所、所以有發現什麼嗎？」

「答案是……」

殷鹿像綜藝節目的主持人一樣，神祕兮兮地賣關子。

「……沒有唷！那明明是一樁極其轟動的事件，了解案情的人卻幾乎不存在。聖楓高中僅僅停學了一個多月，匆匆重新裝修和粉刷校舍後就復課了，全校師生像什麼都沒發生過一般照常上課，似乎有人刻意抹去了他們的記憶，拚命想淡化事件似的。另外，按常理來說，孩子在學校遇害的話，做家長的怎可能不追究到底？可是直到現在都沒有任何家長出來說話，感覺好像連他們都忘記了自己的孩子，簡直扯到爆。而警察只調查了一陣子就宣布結案，最愛八卦的媒體也只追蹤了一段時間就放生了，網路上的討論同樣全部消失得一乾二淨，根本搜不到任何相關資訊……所有事情都超詭異的啦！」

殷鹿連氣也不用換，如機關槍掃射般說了一大串，令韓品儒嘆爲觀止。

「妳還是快點進入正題吧。」宋櫻再度冷冷插口，「妳不是說有東西要給我們看？」

「哦哦，對了，差點就忘記啦！」殷鹿用一隻手的拳頭輕搥另一隻手的掌心，「先問一下，你們知道聖櫻七大怪談嗎？」

「這、這間學校也有七大怪談？」韓品儒訝異地問。

「這世上大部分的學校應該都有怪談吧？哈哈。雖然這間學校的怪談有夠老套的，什麼樓梯多了一階、雕像流血之類的，完全沒有讓人探索的動力。比較特別的只有兩個，那就是校長室的人像畫絕對不能拿下來，還有學生會室藏著被封印的禁書。爲了調查這兩則怪談，我潛入過校長室和學生會室很多次，裡面的東西全被我翻了個遍，不過都沒發現任何異狀。撲克遊戲開始後，我爲了找撲克牌再次進入這兩個地方，哪知道……這次居然被我找到了不得了的東西！」

韓品儒被她最後突然提高的音量小小嚇了一跳。

「是、是什麼東西？」

殷鹿狡黠一笑，從隨身包裡拿出兩張夾在筆記本內的紙。

「你們看了就知道了，這是我在校長室的人像畫後面發現的。」

韓品儒和宋櫻接過來查看，只見那是兩張老舊的剪報，少說也有幾十年歷史，其中一張更是舊得猶如出土的文物。

這兩張剪報的油墨褪色得十分嚴重，有些字還被汙跡掩蓋，紙質又薄又脆，彷彿稍微用力一點就會把它捏碎。

「一九四〇年十一月……高中生集體死亡……」韓品儒喃喃唸出其中一張剪報的內容，

「昨日本市聖楓高中有多名學生被……咦？」

「一九八〇年十一月……二十二名學生校內慘死……」宋櫻也唸出另一則剪報的內容，「昨日本市發生了學生離奇死亡案件……聖楓高中二十四名學生被發現倒臥在校門口……死狀慘烈……據悉他們均屬於同一班級……」

韓品儒和宋櫻對視一眼，他們都聯想到了同一件事——那本記錄了四十年前塔羅遊戲的素描簿。如無意外，剪報裡提及的二十二名慘死學生，就是當年塔羅遊戲的殉難者。

「按照這個規律……難道一九四〇年……八十年前也發生過塔羅遊戲？」韓品儒推測。

「很有可能。」宋櫻沉吟，「不過這張一九四〇年的剪報所提供的資訊太少，只知道當年有許多學生身亡，不能一口咬定就是塔羅遊戲造成的。」

「嗯，目前可以確定的，只有每隔四十年便會有事件發生。」

「過去發生了這麼轟動的事，卻幾乎沒有紀錄留下來，然後三個多月前發生的事件也逐漸被大眾遺忘，『遊戲』似乎有著某種特殊機制。」

「可是爲什麼跟聖楓高中有關的剪報會出現在這裡？難道因爲是姊妹校嗎？」

「而且在遊戲開始後才出現也很耐人尋味——」

「喂喂，我也在呢，你們不要陷入兩人世界啊。」殷鹿苦笑著出聲，「還有，我是不是聽到了塔羅遊戲？有誰可以解釋一下嗎？」

韓品儒說了聲不好意思，接著便把塔羅遊戲的經過都告訴了殷鹿。殷鹿聽完簡直如同收到聖誕禮物的孩子，興奮得跳上跳下、手舞足蹈，滿臉放光。

「在撲克遊戲開始後，我就猜測聖楓高中會不會也發生了類似的事件，原來眞的是這樣，我果然沒猜錯！嗷嗷嗷，這些遊戲究竟爲什麼會出現？幕後黑手又是誰？測試祕密武器的政府高層？愛好獵奇的超級富豪？還是外星人？未來人？好想知道啊啊啊啊！」

宋櫻一副受不了的樣子，「好了，校長室人像畫的祕密是解開了，那學生會室的呢？」

「哦哦，那個啊……」

殷鹿再度從隨身包裡拿出物品，這次是一本看起來像從文物館裡偷出來的古書。

「這也是遊戲開始後才找到的，它藏在學生會室一塊凸起來的地磚下面，這種收藏方法有點微妙，到底是想不想被人找到啊……總之這大概就是怪談裡提及的封印的禁書。」

韓品儒從殷鹿手上接過書，這是一本破舊的線裝書，封面已經發霉了，散發著奇怪的氣味。他不是通靈體質，但這本書他光是拿在手上就感覺不太舒服，彷彿裡面蘊藏著某種邪惡的能量。

「京司……紀事……」韓品儒唸出用篆書所寫的模糊書名。

「我剛才翻了下，這本書的內容統統都是古文，老實說我的古文從來沒有及格過，所以看不太懂，哈哈……這似乎是一本記載著京司市和鄰近市鎭歷史的書，既然號稱禁書，裡面應該會藏著些不可告人的祕密吧？你們有興趣可以拿去解讀一下，要是眞的發現了跟遊戲有關的線索，千萬記得要告訴我喔！」

宋櫻把書接過來，此時，三人的手機忽然響起催命符似的刺耳鈴聲，令他們渾身一凜。

一打開手機，打扮成小丑的毛線娃娃馬上出現，這次她不踩彩球，改踩單輪車，手裡還舞動著彩帶。

「嗨嗨～遊戲已經進行了十五個小時，讓我們進入第二階段吧♥請各位同學把四名躲藏在學校的撲克牌國王找出來，如果無法在七小時內達成目標，大家都會死掉喔～是不是很刺激呢♥」

撲克遊戲的訊息把他們從過去拉回現在，他們差點就忘了自己還在遊戲當中。

「哇塞，限時任務出現了！」殷鹿用浮誇的語氣說，「所謂的四名撲克牌國王，應該就是黑桃K、紅心K、梅花K、方塊K這四張牌吧。」

「你現在有幾張撲克牌？」宋櫻問韓品儒。

被她這麼一問，韓品儒這才注意到他被夏螢「殺死」後，原本持有的多張撲克牌全部不翼而飛，恐怕是被人拿走了，持有權也隨著他的死亡而喪失。

「我身上的撲克牌一張都不剩了。」韓品儒搔頭。

「我就猜到會是這樣。」宋櫻說，「那麼我們就來把這四名『國王』找出來吧，只要遊戲尚未結束，我們就依然有獲勝的希望。」

♠ ♥ ♣ ♦

「雙色頭，妳跟過來幹麼？」宋櫻板著臉。

「好過分啊！」殷鹿哭喪著臉，「小櫻妳是不是忘記我曾經救了妳……」

「說、說起來，我還沒正式向妳道謝呢。」韓品儒連忙對殷鹿說，「真的很感謝妳救了我和宋櫻，不嫌棄的話，我們一起行動吧。」

「小品儒你人好好——」殷鹿想要飛撲韓品儒，卻被宋櫻一把推開。

三人在走廊上吵鬧了一會，結果還是一起行動了。搜索完H館後，他們把目標轉移至E館，馬上在三樓走廊發現了不尋常的地方。

只見某個教室的門上畫了個大大的紅色菱形，油漆還未乾透，顏色鮮豔得讓人聯想到剛從傷口流出的血液。

「這、這個菱形就是方塊吧。」韓品儒說，「難、難道……方塊國王就在這扇門後面？」

「我我我有不祥的預感……真的要進去嗎？」殷鹿狀似害怕地抱著自己的手臂。

韓品儒握著門把，卻遲遲無法壓下去，彷彿這是一扇通向魔境的門扉，只要一打開便會墮入恐怖的深淵。

下一秒，一隻溫暖且柔軟的手覆上他的手。

「一起進去吧。」宋櫻堅定地說。

韓品儒鼓起勇氣打開大門，幸好裡面的光景遠遠沒有他們想像的可怕，沒有刀山，沒有油鍋，只是一間再普通不過的教室。

教室裡有四名男生和一名女生，四名男生中有三名都是二年A班的，站成一排的他們身高剛好形成一個「山」字的落差。

中間的男生身材壯碩，體重少說有一百公斤；左邊的男生身材瘦削，長了一雙竹葉般飛斜的吊梢眼；右邊的男生戴著一副大大的圓框眼鏡，眼睛縮成兩顆小小的黑豆，看得出近視很深。

任何人看見他們，相信都會忍不住聯想到某部關於藍色機器貓的漫畫，因爲這三名男生的外貌正好跟主角群的特徵重疊。

另外那名男生是二年B班的邢禹辰，在音樂劇裡飾演三月兔的他，穿著一身刻意做出破爛感的三件式西裝，跟他瘦長的身形十分相配。

至於唯一的女生則是一身柴郡貓的打扮，正是顏莉佳。見韓品儒進來，她衝著他「喵」了一聲，嘴角噙著不懷好意的微笑。

邢禹辰主動向他們打招呼：「嗨，你們也是看到門上的方塊才進來的吧？唉，這裡一旦進來就不能再出去了……建議先看看黑板上的字。」

韓品儒等人轉頭去看黑板，只見上面用彩色粉筆畫了一個撲克牌的方塊國王，很像畢業時會畫的那種黑板畫，旁邊密密麻麻寫滿了字。

神經衰弱

玩家人數：共十人，由系統隨機分成紅隊和黑隊，每隊五人。

遊戲規則：

♦這個教室裡藏了五十四張撲克牌，每張牌的正面均有數字和一項「指令」，數字大小與指令難度成正比。

◆每回合最多可翻開兩張撲克牌，若是出現相同的數字和指令即「配對成功」，完成指令後可獲得跟牌面數字相同的分數。（K=13、Q=12、J=11、A=1、JOKER=20，其餘同數字）

◆每項指令必須在時限之內完成，時限長短與指令難度成正比。（K、Q、J爲三十分鐘、A爲一分鐘、JOKER爲十分鐘，其餘同數字）

◆指令可由隊伍中任何一人來完成，或是五人合力完成亦可。（JOKER爲特殊牌，其指令需由兩方隊伍共同完成）

◆當所有撲克牌都配對成功和完成指令，遊戲才會結束。結束時分數高的一方獲勝，分數低的一方落敗。如有作弊，等同落敗。

◆遊戲期間禁止使用「撲克遊戲」的撲克牌能力。

附註：不遵守以上規則和逃離遊戲者會被活活剝皮喔。

看到「剝皮」兩字，韓品儒想起今早洪朗熙淒慘至極的遺體，頓時忍不住顫抖起來。

「這似乎是個把『神經衰弱』和『國王遊戲』結合在一起的遊戲。」邢禹辰對他們說，「普通的神經衰弱只是個單純考驗記憶力的翻牌遊戲，不存在指令這種東西，這個遊戲的關鍵多半就在這裡。」

他們還沒來得及消化完規則，大門再度被打開，兩名身高呈現強烈反差的男生和女生進入了教室。從他們緊扣的十指來看，顯然是一對熱戀中的情侶。

這兩人都是二年B班的學生，男的叫羅致歐，女的叫朱芸葉，大家都戲稱他們是羅密歐與茱麗葉、身材高大的羅致歐頭戴高禮帽，穿著圖案花俏的燕尾服，一看就知道他飾演的是瘋帽子；身材嬌小的朱芸葉則穿著華麗洋裝，飾演的角色是公爵夫人。

「你們在這種時候還是那麼閃啊。」邢禹辰苦笑。

「今天可是我和北鼻交往第一百天的紀念日喔！」朱芸葉緊纏著羅致歐的手臂，甜甜地回應。

「是嗎……」邢禹辰不甚自在地回應。

當他們進來後，教室裡的人數達到了十人，下一秒，韓品儒的腰間突然傳來異樣感，他伸手一摸，發現多了個像拘束帶的東西。他掀起襯衫，只見紅色的金屬拘束帶緊密地貼著肌膚，沒有絲毫空隙，讓人聯想到拷問用的刑具。

不只韓品儒，其他人的腰間也出現了相同的裝置，他們嘗試把拘束帶解下，但怎樣使力都不見效，就連那個體型壯碩的男生也辦不到。

「北鼻，這是什麼？爲什麼拿不下來？我好害怕喔！」

朱芸葉慌張地問男友，急得快要哭出來。

「北鼻不要害怕，無……無論發生什麼事我都會保護妳的！」

羅致歐雖然故作鎮定地安慰女友，微帶顫抖的語氣卻出賣了他。

拘束帶將在場的人分成了兩隊，韓品儒、顏莉佳和三名A班男生的拘束帶是紅色，也就是被分到紅隊；宋櫻、殷鹿、邢禹辰和情侶檔的拘束帶是黑色，即是被分到黑隊。見彼此隊伍不同，韓品儒和宋櫻心裡都頗感不安。

「幸好我們分到了同一隊，北鼻……」

「我永遠都不會離開北鼻的……」

其他人看著這對好像不放閃會死的情侶，皆是哭笑不得，真不曉得這對活寶究竟是如何生存到現在的。

「跟你分到同一隊，莉佳好開心喵～」顏莉佳晃動著貓耳和雙馬尾，蹦蹦跳跳地走到韓品儒旁邊，「請你多多指教嘍，品儒同學。」

跟顏莉佳的熱情相反，韓品儒冷著一張臉，他還沒忘記先前誤中她設下的「第一人稱實況」陷阱，差點被羅承彥等人殺死的事。

分隊完畢，黑板上的圖畫和文字逐漸褪去消失，像被隱形的板擦抹去一樣，之後響起了粉筆在黑板上寫字時會出現的「噠噠」聲，全新的字跡隨即浮現。

請兩隊各派一位代表擲骰，點數較大的那方可獲得先手權。

使人想到「胖虎」的高壯男生——孔武自動請纓代表紅隊，黑隊則由邢禹辰出馬。兩人分別擲出兩點和五點，黑隊獲得先手權。

正式開始前，所有人商量了一下遊戲的攻略法。他們都認爲雖然分成兩個隊伍，但沒必要眞的把對方當成敵人，爲了大局設想，應該拋棄競爭心，以平手爲目標一起努力。

請黑隊在五分鐘內尋找並且翻開兩張撲克牌，如果配對成功請完成指令。

遊戲開始，黑隊眾人按照指示在教室裡尋找撲克牌。他們很快便找到了好幾張，並且翻開分別藏在課桌和牆角的兩張牌。

【♠A：唱校歌】

【♥2：青蛙跳五十下】

「咦？這就是指令嗎？看起來挺容易的啊。」殷鹿放鬆了緊綳的肩膀，「我剛才還擔心會有什麼困難的指令，原來只是跟眞心話大冒險差不多的程度……還好還好。」

「別放心得太早。」宋櫻沒那麼樂觀，「規則提到數字的大小跟指令難度成正比，這兩張牌的數字都很小，自然比較容易。」

由於兩張牌的數字和指令都不同，因此配對並未成功，翻牌權轉移到紅隊。

邢禹辰用粉筆在黑板的角落畫了一個表格，把所有指令記錄下來。

請紅隊在五分鐘內尋找並且翻開兩張撲克牌，如果配對成功請完成指令。

紅隊選擇了分別藏在椅子下方和櫃子旁邊的兩張牌，一張是紅心4，另一張是梅花5。

【♥4：伏地挺身一百下】

【♣5：把黑板上的文言文翻成白話文】

紅隊和黑隊交換著翻了幾輪牌，當翻牌權再次落到黑隊手上時，他們總算找出了可以配成對的牌，並在兩分鐘內完成了青蛙跳五十下這項指令。

完成指令後，黑板上出現新的文字。

黑隊完成指令，獲得2分。

接著輪到紅隊翻牌，他們選擇的牌是紅心4和方塊4，指令是伏地挺身一百下。孔武自告奮勇，堅持要獨自完成指令。

「只、只讓你一個人做不太好吧？」韓品儒對孔武說。

「沒關係。」孔武露出憨厚的微笑，親切地拍了拍韓品儒的肩膀，「我看你們平常應該沒怎麼鍛練，讓你們來做太辛苦了。總之體能系的指令都交給我吧！」

既然孔武堅持，其他人也就接受了，孔武輕鬆地在四分鐘內完成了一百下伏地挺身，爲黑隊爭取了四分。

兩隊一路過關斬將，很快便將數字較小的撲克牌指令全部完成。他們小心地維持著分數的平衡，現在兩隊的分數都是十五分。

接下來輪到黑隊。由於半數撲克牌皆已被找到，找牌的難度開始提升。他們分頭在教室裡尋找，終於在五分鐘時限快要結束之前，在天花板的燈管和書櫃的書裡發現了方塊J和黑桃9。

可是找到牌的喜悅立刻在看到指令時煙消雲散。

【♦J：女生抽血2000cc】

【♠9：用菜刀在手臂製造五道長10cm，深0.5cm的傷口】

接著輪到紅隊，他們也花了不少時間才找到撲克牌，上面的指令同樣使人深感不安。

【♠7：喝500mL馬桶裡的水】

【♠6：吃十隻蟑螂】

兩隊繼續輪流翻牌，翻出來的指令不是殘害身體，就是噁心獵奇，教室裡的氣氛變得越來越凝重。當紅隊終於翻到比較容易完成的指令時，大家都不禁鬆了口氣。

【♠8：徒手從箱子找出鑰匙】

【♣8：徒手從箱子找出鑰匙】

成功配對這兩張牌後，教室的地面冷不防冒出一個巨大的黑色箱子。只見箱子被固定在地上，朝上的那面像抽獎箱一樣開了五個洞，可讓人把手伸進去。

「鑰匙就在裡面吧？限時只有八分鐘，我們快點開始吧。」邢禹辰催促其他人。

他們把手伸進箱子裡尋找鑰匙，摸索了幾下後不約而同地發出驚呼——箱子裡竟是裝滿了玻璃碎片。他們想抽回手，卻被洞口的機關卡住，只能往前，不能後退。

黑隊眾人只好硬著頭皮執行指令，那些玻璃碎片全像刀片一樣鋒利，每動一下都有如將手伸進絞肉機一樣。每個人都咬緊牙關，只有朱芸葉不斷喊痛，又哭又鬧，讓人不勝其煩。

那支鑰匙似乎很小，藏得又深，他們的手越伸越裡面，花了好一陣子依然沒能找到。時間一分一秒流逝，他們也越來越焦急，動作一大就更容易受傷了。

「我找到了！」邢禹辰忽然忍著痛喊道。

邢禹辰把被割得鮮血淋漓的手從箱子拔出來，象徵黑隊的黑色鑰匙躺在他的掌心。

黑隊完成指令，獲得8分。

黑隊好不容易完成指令後，接下來換成紅隊。他們翻開了紅心8和方塊8，上面的指令也是徒手從箱子找出鑰匙。

目睹黑隊的慘況，他們都不太願意將手伸進箱子裡，但是爲了完成指令別無他法。

他們盡可能放輕動作，卻發現裡面裝著的不是玻璃碎片，而是某種冰涼滑膩、布滿鱗片、蠢蠢欲動的物體。

「咦？這裡面的是……蛇！」吊梢眼男生許川驚叫。

韓品儒最是怕蛇，他瞬間嚇得渾身冰涼，腦中一片空白。

下一秒，手背傳來一陣尖銳的疼痛，顯然是被細小的利齒貫穿了，這更是讓他害怕得快要昏倒。

察覺到入侵者，箱子裡的蛇群起攻擊，不斷纏繞噬咬他們。他們已是無路可退，唯一能做的只有及早把鑰匙弄到手，並且祈禱這些蛇沒有毒。

大約五分鐘後，隨著許川從箱子裡拿出一支小小的紅色鑰匙，他們終於能夠脫離危險。

韓品儒整個人宛如虛脫了一樣癱倒在地，全身不斷抽搐，衣服被冷汗浸溼，其他人的反應雖然沒他那麼誇張，不過也是一副不舒服到極點的樣子，就連顏莉佳也噘著嘴。他們的手布滿了小小的血洞，此外並無大礙，看來箱子裡的蛇沒毒。

紅隊完成指令，獲得8分。

接著翻牌權又回到了黑隊，他們翻開黑桃9和梅花9，選擇了用菜刀在手臂製造五道長10cm，深0.5cm的傷口，這已經是所有指令中最溫和的了。

他們早就被玻璃碎片割得滿手傷，於是抱著破罐子破摔的心態，咬著牙在身上弄出傷口，只有朱芸葉還在抱怨，羅致歐只好爲她多捱一刀。

輪到紅隊的時候，目前能夠成功配對的指令只有拔掉十顆牙齒、喝500mL的馬桶水和吃十隻蟑螂，無論哪一個都不是正常人願意做的。

「眞傷腦筋……老是出現這種變態的指令，到底該選哪個好呢？」

孔武撓了撓頭，而後對那名長得像大雄的男生齊申說：「你來選一個吧。」

「咦？讓我選嗎？」齊申指著自己的鼻子問。

「對啊，選好就由你來完成吧。」孔武微笑。

血色一下子從齊申臉上消失。

「可……可是……」

「我平時對你這麼好，處處罩著你，讓你不被羅承彥那夥人欺負，你現在是要忘恩負義嗎？不要囉哩囉嗦的，快點選一個吧！」

孔武仍是笑咪咪的，渾身卻散發著一股恐怖的威壓，使人深深體會到何謂笑面虎。

「這、這些指令只讓齊申一個人完成有點過分吧？」韓品儒不禁抗議。

「剛才我也是一個人替大家完成指令啊，這有什麼問題？」孔武眼裡閃過一絲精光，

「如果你想幫他的話，儘管去幫啊。」

「對啊，你想幫就幫吧，我們又不會阻止。」許川也笑嘻嘻地附和。

顏莉佳在旁邊看好戲，嘴角微勾，完全沒有打算插手的意思。

「等一下。」邢禹辰插口，「我們剛才不是說好要一起努力嗎？這樣可不行啊。」

「煩死了！」孔武大吼一聲，一腳把椅子踹到牆上，「我才不管這麼多，誰敢命令我，我就揍誰！」

「這是紅隊內部的事，請黑隊不要插手好嗎？」許川也表示，「大家的目標是平手吧？只要能達成就好，怎樣達成就請不要管了。」

「喂，剩下的時間不多了，快點選吧！」孔武重重地推了齊申一把，幾乎讓他全身骨頭散架。

「小韓。」

聽見宋櫻喊他，韓品儒立刻走過去。宋櫻在他耳邊低聲說了幾句話，韓品儒了然地點了點頭。

齊申仍在苦苦掙扎，他很害怕受傷和流血，可是將噁心的東西放進嘴裡也難以接受，因此遲遲未能下決定。

「選、選黑桃7和梅花7吧。」韓品儒對齊申說。

「欸？但那個指令是……」齊申臉都綠了，「我做不來啦……」

「沒、沒問題的，相信我吧。」

【♠7：喝500mL馬桶裡的水】

【♣7：喝500mL馬桶裡的水】

「哈哈，原來你喜歡喝馬桶水啊？選得好！選得好！」孔武捧腹大笑。

大門傳來「喀嚓」一聲開鎖的聲音，齊申從教具櫃拿了一個量杯，哭喪著臉走出去，韓品儒也跟他一起去。

教室旁邊就是男廁，一踏進去，齊申便忍不住哭起來，一把鼻涕一把眼淚地訴苦。

「嗚嗚……我爲什麼會這麼倒楣……自從升上高中後就沒發生過好事……那兩個人嘴上說是我的朋友……實際上只是把我當成跑腿小弟和提款機……我一直被他們壓搾欺負，現在還被逼要喝馬桶裡噁心的髒水，嗚嗚……」

「放、放心，其實喝馬桶水沒你想像中難受。」

齊申瞪大眼睛，用怪異的目光瞧著韓品儒，好像他是個擁有特殊癖好的怪人。

「乾脆趁這個時候逃跑好了……」齊申偷瞄著廁所外面，「反正已經出來了……」

「我、我勸你不要這麼做，逃離遊戲的懲罰是被活活剝皮。」韓品儒警告。

廁所裡有五個並排的隔間，最裡面那間掛著「維修中，勿進」的牌子，韓品儒走過去把門推開。

「即使是沒人用的廁所，裡面的水仍然是髒的吧。」齊申嘆氣。

韓品儒沒有回答他，自顧自地搬開了馬桶水箱的蓋子。裡面裝了半滿的水，雖然比馬桶座裡的水乾淨些，但由於水箱裡有許多汙漬和水垢，所以也不宜飲用。

韓品儒壓下沖水手柄，讓水箱裡的水從排水閥流走，接著注水管開始注水。

他用量杯盛了一些，只見杯裡的水十分清澈，沒有任何異味或雜質，跟一般的自來水毫無分別。

見狀，齊申這才明白韓品儒的意思。

「如、如果可以再過濾和煮一下會更好，不過現在這樣也能入口了。」韓品儒說。

於是他們用量杯從注水管裝水飲用，這樣一來雖然是馬桶裡的水，不過喝起來並不會很噁心，也大大降低了衛生方面的疑慮。

黑隊完成指令，獲得7分。

「喂喂，你們真的喝了馬桶水？味道怎樣？是不是很噁？快告訴我嘛！」

返回教室後，許川不懷好意地問，而韓品儒和齊申都沒理會他。只要他們知道自己喝的水是乾淨的就夠了。

之後輪到紅隊，他們商量過後，決定翻開「紅心J」和「方塊J」。

【♥J：女生抽血2000cc】

【♦J：女生抽血2000cc】

雖然抽血伴隨著風險，但這項指令已是目前所有指令裡比較能夠完成的了。

當他們作出選擇後，教室的地面冒出了一個大型急救箱，所有抽血需要的工具一應俱全，還有一本指導如何抽血的說明書。

邢禹辰的哥哥是護理師，曾經教導他抽血的方法，因此由他來幫隊裡的三名女生抽血。

「北鼻，我不要抽血啦！」朱芸葉嘟著嘴耍脾氣，「我最怕的就是打針了！」

羅致歐正要安撫她，宋櫻卻冷冷地開口：「沒記錯的話，普通人只要失血超過總血量的百分之三十，便有機率死亡。我和雙色頭的體重都在五十公斤左右，全身血液量大約是3500cc至4000cc，如果妳不肯抽血，我和她就得要各抽1000cc的血——妳是想成爲殺人兇手嗎？」

朱芸葉被宋櫻的氣勢所震懾，只好乖乖住嘴配合抽血。

好不容易用血液注滿一個兩公升的水桶後，黑隊的三名女生皆是臉色蒼白，虛弱得幾乎無法站立。

教室裡著充斥著鮮血和消毒藥水的氣味，讓人聞了很是反胃。

「妳、妳們還撐得住嗎？」韓品儒擔心地問宋櫻和殷鹿。

「死不了。」

「我要死了……嗚嗚嗚……」

黑隊女生以鮮血爲代價，爲隊伍爭取了十一分。

翻牌權回到紅隊這邊，孔武像是嫌剛才整齊申整得不夠，再次點名他執行指令。

孔武代他選擇了吃十隻蟑螂，一個玻璃瓶隨即出現在地上，裡面黑壓壓一片，密密麻麻地爬滿了肥大的蟑螂。

「噁！」

光是看到一隻蟑螂就能使人全身雞皮疙瘩掉滿地，更何況是一堆，所有人都露出了極其厭惡的表情。

「快吃！」孔武強勢地命令齊申。

「我我我吃不下去啦……」齊申淚流滿面，痛苦得五官皺成一團。

「許川，把他抓起來！」

「OK！」

許川從後方架住齊申，把他牢牢禁錮著，孔武佞笑著打開了玻璃瓶，捏著齊申的臉頰，準備把蟑螂盡數灌進他嘴裡。

「不要！」

被逼急的齊申不知哪來的力氣，強行掙脫了許川的箝制，還打掉孔武手裡的玻璃瓶。玻璃瓶掉在地上，裡面的蟑螂瞬間傾巢而出，惹來此起彼落的高亢尖叫。

齊申兩眼充血通紅，像鬥牛般一頭撞向孔武的胸口，孔武雖然體型壯碩，當下仍被撞得站立不穩，失足倒地，壓死了好幾隻蟑螂。

齊申體內的腎上腺素瘋狂飆升，他乾脆騎到了孔武身上，拿起一個膠帶臺，失控地一下接一下往孔武臉上猛砸，把對方砸得鼻青臉腫、鮮血直流，牙齒也斷了好幾顆。

「揍死你！揍死你！居然要我吃那種東西？」齊申發狂大吼，「要吃你自己吃個夠！」

「再、再打下去他會死的！」

韓品儒嘗試分開他們，卻被齊申手裡的膠帶臺打中鼻子，鼻血流了一身。

至於一向跟著孔武爲虎作倀的許川，則是嚇得躲在其他人身後不敢吭聲。

宋櫻等幾個女生由於失血過多，想制止也力不從心，而邢禹辰和羅致歐本來就對孔武感到不滿，樂得看他被教訓，因此同樣袖手旁觀。況且他們覺得憑孔武的實力，即使一時被壓制，應該也不難翻身，所以沒插手的必要。

齊申瞥見一隻蟑螂在地上亂竄，立刻把牠抓住，強行塞進孔武的嘴巴。

「給我吃下去！吃啊！吃啊！」

「嗚唔唔唔……咳咳咳咳咳！」

孔武不斷地咳嗽、乾嘔，但齊申仍不放過他，不斷地抓蟑螂逼他吃，這殘忍且噁心的一幕讓眾人不忍卒睹。

噠噠噠，黑板上出現了新的粉筆字。

黑隊完成指令，獲得6分。

齊申終於放開了孔武，只見孔武虛弱地倒在地上，猶如一頭垂死的獅子。他的臉腫了足足一倍，眼睛變成兩條細縫，連睜開也沒辦法，皮膚布滿了類似紅疹的斑點，嘴裡發出急促的喘氣聲。

「這是過敏反應！」邢禹辰驚叫，「蟑螂這類生物通常伴隨著致敏源，進入人體後會使某些人出現過敏症狀，嚴重的甚至會……致命。」

這個教室裡沒有治療過敏的藥物，他們只能眼睜睜看著孔武痛苦地抓著喉嚨，臉色越來越紫、呼吸越來越困難，最後……像石頭般動也不動。

韓品儒顫抖著用手指去探孔武的鼻息和脈搏，倒抽一口氣，「他……他死了。」

「你殺了孔武！」許川指著齊申的鼻子高喊，「你是殺人兇手！」

目睹孔武暴斃，齊申也嚇了一跳，「這……這是他不好……誰叫他逼我吃蟑螂……這是他自作自受……你們……你們不要用這樣的眼神看我！」

眾人投向齊申的視線都帶了點譴責的意味，這令他很是委屈。

「我……我剛剛替我們這隊拿到六分耶！」齊申向自己的隊員們尋求認同，「整整六分耶！你們應該感激我才是！」

韓品儒不知道該怎麼回應，而許川狠狠地呸了一聲，顏莉佳則是笑嘻嘻地說：「爲了區區六分就殺死了朋友，你好棒棒喵~」

齊申環顧四周的同學，又看看地上孔武的屍體，再瞧瞧自己沾滿鮮血的雙手，腦中的理智線彷彿「啪」的一聲斷掉了。

「嘻……我殺了朋友……我是……殺人兇手……嘻嘻……嘻嘻嘻嘻嘻……」

齊申如同學齡前的幼兒一樣癱坐在地，目光失去焦距，嘴角涎著口水，發出詭異的笑聲。

請黑隊在五分鐘內尋找並且翻開兩張撲克牌，如果配對成功請完成指令。

雖然死了一名玩家，然而遊戲並未就此停止，他們只能繼續玩下去。

黑隊的成員們商量後，決定翻開紅心7和方塊7，執行喝500mL毒藥這項指令。

仔細檢查完毒藥瓶子的標籤，邢禹辰陷入了沉思。

「這種劑量如果單由一個人喝完的話必死無疑，不過五個人分著喝就不會有立即的生命危險，只要將每個人的攝取量嚴格控制在最多100mL就行了。」邢禹辰朝隊員們說，「還有，等遊戲結束後，我們要馬上去保健室或化學教室服用解毒劑。」

一聽到要喝毒藥，朱芸葉再度抱著男友的手臂大吵大鬧：「北鼻，我不要喝毒藥！不要不要不要！」

「北鼻妳乖一點，我們分著喝，不會有問題的。」羅致歐安慰她。

「萬一有問題怎辦？那可是毒藥耶！北鼻你幫我喝啦～」

羅致歐的笑容變得有點勉強，「北鼻，這個喝多了眞的會死啊……」

「北鼻你不是說過會一直愛我寵我，即使爲我死也在所不惜嗎？」朱芸葉淚光閃閃地撒嬌，「幫我喝嘛。」

羅致歐沉默不語，表情越來越僵硬，但朱芸葉渾然不覺。

宋櫻再次恐嚇朱芸葉，讓她不情願地妥協了。五個人各自把100mL的毒藥喝完，黑板上顯示黑隊完成指令，獲得七分。

而自從孔武死後，紅隊要完成指令變得簡單多了。

無論是用菜刀在腿部製造五道長10cm，深0.5cm的傷口、把十根釘子釘進掌心、拔掉十顆牙齒，還是用斧頭砍下兩隻手掌，都能利用孔武的遺體完成。

齊申意外害死孔武後，整個人豁了出去，陷入了瘋狂的狀態。他毫不猶豫地對著孔武的遺體亂劈亂砍，彷彿那只是一堆肉類，而不是同學的遺體。

見齊申從頭髮到眼鏡、從襯衫到鞋子全都濺滿了鮮血、肉屑和油脂，眼神渙散且瘋狂，其他人都退避三舍，唯獨顏莉佳並不害怕，還津津有味地觀賞著這場血腥的解體秀。

與紅隊相反，黑隊要完成指令依舊艱難。

他們苦苦思索，遲遲未能下決定，因爲剩下來的指令對人體的傷害實在太大了。

最後由於時間無多，黑隊迫於無奈，只能選擇把十根鋼針刺進指甲這項指令。

按照慣例，他們打算五個人合作完成，每人犧牲兩根手指，無奈朱芸葉再次哭鬧不休。

「我不要我不要我不要！把鋼針刺進指甲該有多痛啊！我才不要做這種事！」

宋櫻正打算再次開口教訓她，羅致歐卻先說話了。

「北鼻，剛才對不起，我應該代替妳把毒藥喝下去才是。跟北鼻相比，我的命算得上什麼呢？」羅致歐朝朱芸葉說，「妳放心，這次的指令我會幫妳完成，不會再讓妳受苦了。」

「北鼻，你果然很愛我！」朱芸葉開心地說，一下子撲進羅致歐懷裡，「我最愛的就是北鼻了！」

「我也很愛北鼻。」羅致歐緊緊抱著她，「妳就放心走吧。」

「咦？」

在朱芸葉疑惑的同時，她突然感受到背部傳來一陣劇痛，似乎是被某種尖銳的利器刺中了。

「北鼻，我剛才說會幫妳完成指令是眞的。」羅致歐的語氣異常溫柔，猶如在訴說綿綿情話，「等妳死了之後，我會把十根鋼針都刺進妳的指甲裡。」

羅致歐抽出菜刀，又快速地再插了好幾刀，朱芸葉的身軀滑落在地，滿臉都是淚水，到死都不明白羅致歐爲什麼要殺她。

眾人大驚失色，邢禹辰衝過去想爲朱芸葉止血，然而羅致歐下手太狠，直接貫穿了她的心臟和多個重要器官，完全救不回了。

「喂！她不是你女友嗎？」邢禹辰一把抓住羅致歐的衣領，憤怒地質問。

「她是我女友又怎麼了？」羅致歐冷冷地反問，「對了……你好像追過她但被拒絕了吧？」

下一秒，邢禹辰用膝蓋重擊羅致歐的胯部，把他摺倒在地往死裡揍。爲了避免再鬧出人命，其他人趕緊衝上去把他們分開。

羅致歐從地上艱難地爬起，吐出滿嘴鮮血和牙齒碎片，之後走到朱芸葉的屍體旁邊，拿鋼針刺她的指甲。

「你這混蛋！殺了她還不夠嗎！」

羅致歐沒有理會邢禹辰的怒吼，只是繼續履行他對朱芸葉的「承諾」，把十根鋼針逐一插進她十根手指的指甲裡，像在替她做指甲護理一樣。

黑隊完成指令，獲得十分。

兩隊各死了一名成員後，完成指令的效率大幅提升，教室裡的氣氛卻也低迷到極致，除了顏莉佳，每個人的心情都異常沉重。

邢禹辰在黑板角落畫的表格已經差不多被填滿，目前紅隊和黑隊各有九十一分，只要再完成JOKER的指令，他們便能夠從這個可怕的遊戲脫身。

JOKER	？？？？？
♠K、♣K	用斧頭砍下兩隻手掌
♥K、♦K	用柴刀砍下兩隻腳掌

♠Q、♣Q	弄斷十根手指
♥Q、♦Q	拔掉十顆牙齒
♠J、♣J	男生抽血2000cc
♥J、♦J	女生抽血2000cc
♠10、♣10	把十根鋼針刺進指甲
♥10、♦10	把十根釘子釘進掌心
♠9、♣9	用菜刀在手臂製造五道長10cm，深0.5cm的傷口
♥9、♦9	用菜刀在腿部製造五道長10cm，深0.5cm的傷口
♠8、♣8	徒手從箱子找出鑰匙
♥8、♦8	徒手從箱子找出鑰匙
♠7、♣7	喝500mL馬桶裡的水
♥7、♦7	喝500mL毒藥
♠6、♣6	吃十隻蟑螂
♥6、♦6	吃十條蚯蚓
♠5、♣5	把黑板上的文言文翻成白話文
♥5、♦5	解開奧林匹克數學題

♠4、♣4 ♥4、♦4	引體向上一百下 伏地挺身一百下
♠3、♣3 ♥3、♦3	仰臥起坐一百下 深蹲一百下
♠2、♣2 ♥2、♦2	折返跑五十次 青蛙跳五十下
♠A、♣A ♥A、♦A	唱校歌 背九九乘法表

請紅隊和黑隊尋找JOKER，此爲特殊牌，請兩隊共同完成指令。

眾人在教室各處分頭尋找，把各種可以藏東西的地方檢查得仔仔細細，卻一無所獲。無論是桌椅、講臺、書櫃、教具櫃、壁報板，還是天花板、牆壁、地板，全都沒有撲克牌的蹤影。

此外教室後方雖然有一整排的儲物櫃，不過全都無法開啟。

教室裡有兩具屍體，空氣中瀰漫著鮮血和失禁後排泄物的氣味，使人忍不住作嘔。他們想打開窗讓空氣流通一下，無奈窗戶也被關得死死的。

「這、這個教室應該有抽風機吧……咦？」

韓品儒這麼一說，他們才想到還有抽風機沒檢查，於是把椅子疊起來爬上去查看。

「有、有了……抽風機裡面有兩張撲克牌。」韓品儒說，「直、直接將手伸進去會被扇葉絞斷，要先關掉抽風機。」

其他人聞言連忙要去關閉抽風機，沒想到開關壞了，於是韓品儒只好以窗簾把自己的手裹起來，再伸進抽風機拿出撲克牌。雖然已經用布保護著手，不過他還是被金屬製的扇葉割傷了。

【JOKER：使用從箱子裡拿到的鑰匙打開同色的拘束帶（限一次）】

「咦？原來剛才的鑰匙可以打開拘束帶？」殷鹿問，「可是……鑰匙孔在哪？」

他們互相檢查拘束帶，結果在背面發現了一個極不起眼的細小鑰匙孔。

下一秒，眾人的拘束帶突然同時收緊，壓迫著他們的內臟，還發出「嗶嗶嗶」的刺耳警示音。

「天哪，這個該不會可能爆炸吧？」

「要是不把拘束帶打開會死的！」

鑰匙只能打開同色的拘束帶一次，也就是說每隊只有一個名額——當他們意識到這一點的同時，鑰匙爭奪戰隨之展開。

黑隊的鑰匙在羅致歐手上，邢禹辰二話不說抄起柴刀砍向他，羅致歐以菜刀還擊，兩人鬥了個天翻地覆，完全沒有旁人插手的餘地。

紅隊的鑰匙在許川手上，他趕緊要把它插進鑰匙孔裡，匆忙間卻對不準。

此時一陣風壓殺至，原來是齊申高舉著斧頭砍來，許川慌忙閃避，一張椅子代替他被斧頭劈成碎片。

「你……你先把斧頭放下，不然我就把鑰匙吞掉！」

許川威脅著，把小小的鑰匙放到舌尖作勢吞下，可是齊申已經瘋了，任何話語都無法阻止，他依然拿著斧頭砍了過去。

許川慌忙避開，卻一個抓不緊，竟然弄假成眞將鑰匙吞了下去。他嚇得面如土色，立刻用手指挖喉嚨、壓著舌根催吐，還是無法把鑰匙弄出來。

就在此時，一道娃娃音響起。

「好可憐喔，讓莉佳幫你一把吧～」

顏莉佳手起刀落，用美工刀劃開了許川的喉嚨。

「這樣有舒服一點嗎？」顏莉佳稚氣未脫的臉龐上，滿滿都是純眞的笑意。

「嗚……咕……」許川抓著脖子倒臥在地，嘴裡發出怪異的聲音。

顏莉佳轉向齊申，笑吟吟地說：「你已經殺了一個朋友，再殺一個也不算什麼吧？盡情地砍個夠吧～」

「嘻嘻嘻……我殺了朋友……嘻嘻……我是……殺人兇手……嘻嘻嘻嘻嘻……」

齊申傻笑著，一下接著一下用斧頭砍著許川，把他開膛剖肚。

顏莉佳坐享其成，伸手在許川的遺體裡翻找鑰匙。

血腥的鬧劇接二連三發生，韓品儒頓時渾身乏力，有種超現實的感覺，不禁懷疑起這裡是否眞的是學校的教室，還是地獄的饗宴。

另一邊，邢禹辰終於用柴刀重創了羅致歐，成功打敗對方並搶到鑰匙。

他馬上將鑰匙插進自己拘束帶上的鑰匙孔，「喀嚓」一聲轉開。

「咦？拘束帶怎麼還是解不……」

轟！

邢禹辰的拘束帶突然爆炸，在他的腰間轟出一個大洞。

眾人見狀都嚇了一跳，而同一時間，同爲黑隊的宋櫻、殷鹿和羅致歐的拘束帶卻解開了。

「用了鑰匙會死，不用反而獲救……這到底是怎麼回事？」殷鹿一頭霧水。

他們再看了一遍JOKER牌上面的指令，這才發現指令中並未提及鑰匙可以解除拘束帶，那只是他們一廂情願而已。

收緊的拘束帶和警示音是陷阱，使他們產生了非得用鑰匙打開拘束帶不可的誤解。

「唉啊唉啊，原來打開拘束帶會爆炸，幸好莉佳還沒打開喵～」

顏莉佳已經在許川體內找到鑰匙，於是用它插進了許川拘束帶上的鑰匙孔，一聲爆炸後，韓品儒、顏莉佳和齊申的拘束帶同時被解除。

黑隊和紅隊完成指令，各得20分。

以上文字在黑板出現後又消失，被另外的文字取代。

二十七項指令均已完成，「神經衰弱」結束，兩隊各得111分，達成平局。

遊戲終於結束，所有人大大鬆了口氣，有種從地獄返回人間的感覺。

教室裡遍地鮮血，其慘狀讓人聯想到西班牙番茄節現場。

「嘿，活下來了！」

羅致歐身上雖然帶著傷，仍是忍不住手舞足蹈地歡呼。

「邢禹辰你可眞活該！你剛才用柴刀砍我，結果反被炸死，這就叫報應！哈哈！」

邢禹辰的腰幾乎被炸斷，僅靠著一點組織連著，自然是活不下去了，卻還是硬撐著最後一口氣開口。

「其……其實我剛才……沒把毒藥喝掉……我……讓藥水順著脖子流進衣服……哈……作弊等同落敗……我才不會讓你這混蛋……呃！」

羅致歐怒不可遏，衝過去扼著邢禹辰的脖子阻止他說下去。

「你說謊！你說謊！」

黑板再次響起「噠噠噠」的寫字聲，文字逐漸浮現。

黑隊承認作弊，判定爲落敗，將受到懲罰。

黑隊眾人和韓品儒瞬間變了臉色，像被定住了一般呆立原地。

「懲……懲罰？」韓品儒臉色蒼白，「難……難道是活活剝……」

「耶！有剝皮秀看了～」顏莉佳拍著手。

「我不要啊啊啊啊啊！」殷鹿嚇得尖叫起來。

「我靠！作弊的是邢禹辰，憑什麼我們也要跟著受罰！」羅致歐破口大罵，「這他媽的公平嗎！」

宋櫻走過去把地上的菜刀拾起，塞進韓品儒手裡。

「等等你就用這個讓我和雙色頭走得痛快點吧。」宋櫻堅定地說。

「可……可……可是……」

在他們說話的同時，黑板上的文字逐漸消失，全新的文字慢慢浮現。

懲罰執行，黑隊全體隊員請回答以下問題：誰是你最愛的人？

所有人都露出不可置信的表情。

「咦？落敗的懲罰……不是剝皮嗎？」殷鹿驚訝地問。

此時他們才意識到，遊戲規則其實也並未提及落敗的懲罰是什麼。跟方才的最後一個指令一樣，他們都掉入了思考陷阱，誤以為落敗必然會有可怕的懲罰。

「如、如果這就是懲罰，大家根本沒必要自相殘殺，甚至執行那些不合理的指令……」韓品儒顫抖著嗓音。

除了顏莉佳和齊申，每個人都神情黯然，羅致歐更是面如死灰。

「總之先回答懲罰的問題吧。」宋櫻淡淡說，「我的答案是『宋椿』，這是我媽的名字。」

接著輪到殷鹿，她一反平時的心直口快，紅著臉扭扭捏捏了半天也不肯說出來。

「一定要……誠實作答嗎？」

「快點說吧。」宋櫻不耐煩地催促。

「那……好吧。」殷鹿雙手掩面，用細微得幾乎聽不到的音量說：「……『宋櫻』。」

「什麼鬼……」

「所以我才不想說啊……呃，小櫻妳可以不要一臉五雷轟頂的表情好嗎？還有其實我是對妳一見鐘——嗚哇！菜刀不要用扔的！」

最後是羅致歐，他瞥了一眼朱芸葉的遺體，之後用毫無起伏的語調說：「我最愛的人已經不存在了。」

大門的門鎖「喀嚓」一聲打開，羅致歐頭也不回地離開教室，宋櫻和殷鹿則繼續留在教室陪伴韓品儒。

紅隊獲勝，獎品爲「方塊國王」撲克牌，將由紅隊全體隊員競爭獲得，可自由選擇是否參加。

紅隊原本有五個人，孔武和許川相繼死亡，現在只剩下韓品儒、顏莉佳和齊申三人。

韓品儒跟宋櫻和殷鹿商量了下，他們都認爲好不容易才走到這一步，現在放棄就前功盡棄了，於是決定參加。

顏莉佳也表示參加，至於齊申則因精神處於崩壞狀態，無法表達意願，被視作棄權。

「這次眞的要請你多多指教嘍，品儒同學～」顏莉佳笑嘻嘻地說。

接著黑板上出現了新的規則。

雙人摸彩

玩家人數：2人，以玩家A和B作爲代號。

遊戲規則：

◆教室後方有十個編號從1到10的儲物櫃，其中一個藏有「正確的鑰匙」。

◆兩名玩家輪流打開最多五個櫃子，透過擲骰子決定先手後手。

◆開到「正確的鑰匙」即勝利，勝者可利用該鑰匙獲得「方塊國王」撲克牌，敗者不會有任何懲罰。

這次韓品儒仔細閱讀遊戲規則，確保沒有任何解讀錯誤的地方，而後他和顏莉佳便輪流擲骰，分別擲出了3點和5點。

玩家A請選擇一個儲物櫃。

顏莉佳走到教室後方的儲物櫃前，只見這些儲物櫃跟一般的儲物櫃大同小異，總共有兩排，每排五個櫃子，加起來共十個，先前他們曾經檢查過但全都了上鎖。

顏莉佳沒有多想便將手放在6號儲物櫃，儲物櫃隨即傳出「嗶」一聲，櫃門自動打開。

「喔喔～」

顏莉佳拿出櫃裡唯一的一樣東西，那是一支製作精美的古董鑰匙，頂端鑲了一顆比彈珠略小的寶石，顏色藍中帶綠，質地瑩潤。

玩家B請選擇一個儲物櫃。

韓品儒打量著剩下的九個櫃子，憑直覺選了2號。櫃門打開後，裡面是一支鑲了半透明黃色寶石的鑰匙，韓品儒雖然不太懂寶石，不過仍看得出這應該是琥珀。

顏莉佳接著選了3號櫃子，裡頭是鑲著珍珠的鑰匙；之後輪到韓品儒，他開啟了8號櫃子，得到鑲著天藍色寶石的鑰匙。除了頂端鑲了不同的寶石，每支鑰匙看起來都一樣。

方塊國王是紅色，所以鑲了紅色寶石的鑰匙就是「正確的鑰匙」？可是我們都不曉得櫃子裡放了什麼，看來只能靠運氣了……

在韓品儒尋思期間，顏莉佳又開了一個櫃子，這次她選了7號，拿到鑲有紫色寶石的鑰匙。接著是韓品儒，他選了4號櫃子，鑰匙上的寶石色澤有如彩虹，鮮豔無比。

韓品儒檢視著手上的三支鑰匙，實在摸不透當中的玄機，而顏莉佳也是毫無頭緒的樣子。

「小韓，把鑰匙給我。」

聽宋櫻這麼說，韓品儒便將三支鑰匙交給她。宋櫻將鑰匙拿到一旁不知搗鼓些什麼，又從書架上拿了一本百科全書翻閱，而後把韓品儒叫過去。

「你看看這個。」宋櫻壓低聲音說。

韓品儒接過宋櫻遞給他的鑰匙，只見上面鑲著的琥珀出現了一道裂痕。

「我剛才用硬物去敲打鑰匙的寶石，發現2號的寶石最脆弱，堅硬程度跟石膏差不多，4號的寶石比較堅硬，不過也被刮花了，8號的寶石則絲毫無損。」

「也就是說……每種寶石的硬度都不一樣，編號越小的越脆弱，編號越大的越堅硬？」韓品儒很快理解。

宋櫻點點頭，「嗯，聽過『莫氏硬度』吧？我剛才查了百科全書，確認『莫氏硬度』分成十個等級，儲物櫃的編號也是由1到10，這些寶石有很高的機率是按照硬度順序排列。」

「可是……這跟方塊國王有什麼關係？」

「方塊國王的英文是什麼？」

韓品儒幡然醒悟。

玩家A請選擇一個儲物櫃。

「又到莉佳啦，究竟要選哪個好呢？」顏莉佳微微側著頭。

韓品儒緊張地看著顏莉佳，當她把手伸向1號櫃子時，他不由得暗暗鬆了口氣，可是顏莉佳隨即改變主意。

「唔，莉佳還是選另一個好了喵～」

顏莉佳像隻準備狩獵的小貓一樣在儲物櫃前來回踱步，作勢要打開不同的櫃子，每次都讓韓品儒一顆心七上八下。過了一會，顏莉佳終於忍不住「噗」一聲笑了出來。

「品儒同學，你的表情眞的很好懂呢。」顏莉佳笑得眉眼彎彎，「抱歉啦，看來『正確的鑰匙』要被莉佳拿走了喵～」

顏莉佳見韓品儒和宋櫻先是在教室一角咬耳朵，而後韓品儒一副了然於胸的樣子，便明白他們多半已破解了寶石的含義，於是利用假裝開櫃來測試韓品儒的反應，並透過他的表情判斷出答案是9號櫃子。

顏莉佳打開9號櫃子取出鑰匙，遊戲卻未宣布她是勝利者。

「喵？」顏莉佳罕見地露出錯愕的表情。

玩家B請選擇一個儲物櫃。

韓品儒深吸一口氣，選了10號櫃子，拿出一支鑲鑽石的鑰匙。

遊戲結束，玩家B獲勝，請用「正確的鑰匙」開啟講臺抽屜拿取「方塊國王」。

方塊國王的英文是King of Diamonds，字面的意思就是「鑽石國王」，而鑽石的莫氏硬度為十，因此10號櫃子即為正確答案。

「唉唷唉唷，莉佳居然輸了，看來你剛才是故意誤導莉佳呢。」顏莉佳微笑著說，「品儒同學一副老實的樣子，原來很會騙人喵～」

「宋、宋櫻知道妳擅長察言觀色，於是提醒我可以利用這點反將妳一軍。」韓品儒道出眞相。

「原來是這樣，是莉佳太天眞了～」顏莉佳假裝嘆氣，「看來莉佳眞的跟方塊國王有緣無分，還是快點去找其他牌吧～」

顏莉佳正要走向教室門口，卻不愼踩中一灘鮮血，滑了一跤。

「哎！」

為了穩住重心，顏莉佳下意識去抓東西，結果連累身旁的韓品儒一起跌倒，兩人身上的鑰匙散落了一地。

「不好意思害你也跌倒……哎，怎麼地上都是鑰匙，重要的東西要拿穩喵～」顏莉佳把鑰匙撿起來還給韓品儒，「那麼莉佳真的要走啦，拜拜～」

顏莉佳離開後，教室裡只剩下韓品儒、宋櫻和殷鹿三人。

「快點去拿方塊國王吧，接下來還有其他撲克牌國王要對付。」宋櫻催促。

韓品儒用鑽石鑰匙去開講臺的抽屜，然而試了好幾次都無法開啟，換成宋櫻和殷鹿去試，結果也一樣。

「等一下。」宋櫻皺起眉頭，「這個寶石……可能不是鑽石。」

「咦？可是它很閃亮啊？仿冒品不可能這麼閃吧？」殷鹿問。

「不，仿冒品也可以很閃亮的。如果沒猜錯，這個只是一種跟鑽石很像的寶石，真正的鑽石鑰匙恐怕在剛才跌倒時被顏莉佳掉包了。」

「這、這麼說來……顏莉佳拿到的9號鑰匙跟鑽石鑰匙很相似，難、難道……」

「不過她只拿到了鑰匙，要獲得撲克牌的話，還是得回來這個教室吧？」殷鹿說，「我們要不要在附近埋伏，趁她出現時把鑰匙搶回來？」

「顏、顏莉佳擁有『第一人稱實況』這項異能，我們此刻的對話多半已經被她得知了……」韓品儒一臉沮喪。

他們又嘗試用武器破壞講臺，無奈講臺就像被施了魔法一樣堅固，任憑他們又劈又砍也絲毫無損。

辛苦攻略了「神經衰弱」和「雙人摸彩」，到頭來卻是一場空，他們都忍不住嘆氣連連。

宋櫻查看手機的時間，發現已是上午十點多，他們玩這兩個遊戲花了差不多四小時，距離任務時限只剩下三個多小時。

三人決定離開教室，當務之急是先去服用解毒劑和處理傷口，吃了點東西補充體力後，他們便出發尋找下一個撲克牌國王。

搜索完E館的其他地方，他們正要前往L館，手機卻響了起來。

小丑毛線娃娃再度登場，這次她的角色是馴獸師，騎在一頭大象上好不威風。

「各位同學好棒棒唷♥『方塊國王』、『梅花國王』和『紅心國王』都被大家找到了，現在只剩下『黑桃國王』，大家要加油努力喔♥ GO GO GO！」

「看、看來顏莉佳拿到牌了。」韓品儒說，「其、其他人也很努力的樣子，只剩下一張牌，應該不難在時限內找到。」

他們在學校裡四處尋找，最終在舊校舍通往頂樓的門發現了一個巨大的「♠」。

006 黑桃國王

「宋櫻……宋櫻！殷鹿同學！」韓品儒邊跑邊焦急地喊，「妳、妳們在哪？」

放眼望去，映入眼簾的只有一大片濃得化不開的白霧，完全分不清前後左右。

無論往哪裡走，周圍都是白茫茫一片，沒有任何可供辨識的景物，整個世界似乎只剩下他孤身一人。

這裡到底是什麼地方？宋櫻和殷鹿在哪裡？韓品儒滿心茫然，回想剛才的情形，他只記得自己和宋櫻、殷鹿在舊校舍頂樓找到了疑似黑桃國王關卡的入口，開門後三人立即被濃霧吞噬，宋櫻和殷鹿也消失無蹤。

「對了，可以用手機聯絡她們。」

韓品儒想起撲克遊戲的簡訊系統，正要傳訊息給宋櫻，卻發現這個功能被封鎖了。

他只好繼續漫無目的地遊蕩，不知走了多久，忽然見到霧中隱約浮現建築物的輪廓，於是趕緊走了過去。

「這是……一座城堡？」看清建築物的外觀後，韓品儒掩不住驚訝，「我沒有看錯吧？我們不是在學校裡嗎？」

無論韓品儒怎樣懷疑自己的眼睛，矗立在他面前的確實是一座宏偉的城堡。

不知是因爲年久失修，還是建造時故意爲之，這座城堡無論是城牆、塔樓，或是窗戶，全都有種扭曲變形的感覺，散發著不祥的氣息。

下一秒，城堡入口的吊閘緩緩向上升起，彷彿在迎接韓品儒一樣。

「這是……要我進去嗎？」

陷阱的意味太濃厚，貿然進入很可能會一去不返，但要是他在這裡裹足不前，則或許會永遠被困在這個異樣的空間。

思前想後，他終究壓下了心中的恐懼，邁開前進的步伐。

跟城堡的外觀一樣，裡面的景物也歪歪扭扭的，穿過外廊和中庭，韓品儒來到城堡的主建築——一座傾斜的巨大塔樓。

進入後，身後鉛灰色的金屬製大門隨即關上，還「喀嚓」一聲鎖起，像是在暗示他再也無法從此處離開。

首先見到的是一座由十二根扭曲的大理石柱支撐起來的挑高大廳，長長的紅地毯從大門口一路延伸至大廳盡頭的主樓梯，氣派十足。牆上搖曳不定的燭光為空間提供了照明，也增添了一絲陰森的氣氛。

環顧四周，到處都是塵埃，猶如被火山灰埋葬的古城，地上卻有不少鞋印。

「這些鞋印全都很新……看來進入這城堡的人不只我一個。」韓品儒喃喃地說，「說不定宋櫻和殷鹿同學都在這裡。」

沿著主樓梯走上二樓，眼前是彎彎曲曲的走廊，地板上有不少破洞，最大的洞甚至讓人無法通過。

走廊兩旁並列著不同房間的入口，大部分的門均已破爛不堪，有些房間乾脆連門也沒有，可以直接走進裡面。

韓品儒大致逛了一下，裡頭大都是客廳、飯廳、圖書室、音樂室等公共空間。

這裡地方大，布局又複雜，他的方向感向來不佳，繞著繞著便迷路了。他不斷鬼打牆，三番兩次地經過相同的走廊和房間，好不容易找到一道沒見過的旋轉樓梯，他拾級而上，也不知爬了幾層才抵達盡頭，接著發現自己置身於一條歪七扭八的狹窄長廊。

韓品儒小心翼翼地踏進長廊，此處只有一扇銀白色的門，他走近一瞧，只見那扇門似乎是用銀或錫之類的金屬所鑄造，圓形浮雕不規則地散布在門扉上。

韓品儒將手搭上門把，當他猶豫著要不要推開的時候，寂靜的長廊驀地響起使人寒毛直豎的歌聲。

一個扭曲的國王
中了扭曲的詛咒
住在扭曲的城堡
困在扭曲的房間
十二個扭曲的房間
一個正確的答案

十一 隻扭曲的怪物
一個眞正的國王

「扭曲的國王……國王……應該就是指黑桃國王吧？至於房間的話……」

韓品儒看著那扇銀白色的門，想到歌詞裡提及的「怪物」，嚇得連忙把手縮了回來。

「要是我剛才開了這扇門，說不定已經……還是先去其他地方看看吧。」

韓品儒正要繼續搜索，卻注意到不遠處多了幾道瘦長的人影，心跳頓時漏了一拍。

那些人影的走路姿勢極其怪異，頭顱、椎體、胸廓、四肢……全身關節宛如被卸掉了，扭來扭去像風中的稻草人。

再認眞細瞧，他們全都身穿中世紀服裝，有男有女，似是在城堡裡工作的傭人和女僕。

「嘻嘻嘻嘻嘻……」扭曲的人影發出讓人頭皮發麻的笑聲。

一股寒意竄上韓品儒的背脊，未等腦部下達命令，他的雙腿便逕自跑了起來，跑沒多遠又望見走廊另一端也有詭異人影在快速逼近，於是他只能退回原處。

「不……不……」

進退兩難的韓品儒發出微弱的呻吟。

轉眼間，扭曲的人把他重重包圍，逼得他整個人貼在銀白色的金屬門上，隨後他們張開血盆大口、露出滿嘴尖銳的鐵釘撲來。

爲了活命，他只能賭上那十二分之一的機率，打開身後的門——

♠ ♥ ♣ ♦

雖然擺脫了扭曲的人，恐懼卻有增無減。

當韓品儒進入漆黑一片的房間後，頓時有種進入了某種恐怖生物體內的感覺，彷彿這裡沒有出路，他唯一的下場只有活生生地被消化溶解掉。

嘎吱嘎吱、吧唧吧唧……

某處傳來細微的聲響，仔細一聽，那似乎是……包裝袋被拆開和咀嚼食物的聲音。

韓品儒戒慎恐懼地望向聲音來源，一個男生的身影映入眼簾。

那名男生有著栗色的頭髮，身材偏瘦，穿著學生制服，手裡抱著一堆不健康的點心零食，腳邊滿滿都是包裝紙。

他三兩下把一個巧克力派消滅掉，接著又撕開一包小熊餅乾拚命往嘴裡塞，而後還大口大口地灌下可樂。

韓品儒呆呆地注視著對方，完全不敢相信自己的眼睛。

「你是……郁謙？」

溫郁謙回過頭，對他露出燦爛的笑容。

「嗨，品儒！怎麼一副看到鬼的樣子呀？這可不是見到睽違已久的好友該有的表情喔！」

「你真的是……郁謙？」韓品儒難以置信，「可是……你不是已經……」

韓品儒心臟一緊，不忍再說下去，好像再說一次，就是再殺死一次這名在塔羅遊戲中死在李宥翔手上的好友。

「……死了？」溫郁謙笑著接口，「沒錯，我確實已經死了，你看看這裡。」

溫郁謙掀開制服外套，只見他的左胸有道明顯的傷痕，純白的襯衫被染成血紅。

「那天深夜，在那個冰冷的校舍內，當宥翔把菜刀刺進這裡的時候，我就死了。」

溫郁謙用帶著點緬懷的口吻說，猶如在談論某種珍貴的回憶。

「他在黑暗中慢慢走來，刀尖微微反射著光芒……接著我的心臟就被刺穿了。」

韓品儒鼻中一酸，他忍不住伸手去碰那頭栗色的髮絲，指尖傳來的觸感告訴他，溫郁謙確實存在於此處。

「郁謙……你真的是郁謙……你就在這裡……」

「沒錯就是我啦，好久不見了。」溫郁謙笑嘻嘻地說，「最近好嗎？」

熟悉的音容笑貌讓韓品儒忍不住哭了出來，眼淚一發不可收拾。

「郁謙……我很想你……真的很想……之前做夢時也會夢到你……」

「喂喂，這也太肉麻了吧？」溫郁謙露出有點尷尬的表情，同時也有點開心的樣子，「你看起來還滿有精神的，這樣我就放心了。」

「郁謙，對不起……」韓品儒嗓音哽咽，「沒能夠……和你一起勝出遊戲……我活下來了……你卻死了……真的……很對不起……」

溫郁謙安慰地拍了拍他的肩。

「沒關係，我雖然死了，但是反而覺得幸福呢。我還記得失去意識的前一刻，我迷迷糊糊地想著：啊啊，終於可以不用再玩這種爛透的遊戲了。而且比起被遊戲系統或是討厭的人殺死，不覺得死在朋友手上要好多了嗎？至少我能夠成爲讓宥翔活下去的踏腳石，他的生命是用我的血肉換來的，只要他還活著，我便會存在於他的罪愆之中，我會成爲他的十字架，被他背負一輩子……我不恨，我眞的不恨，我不恨宥翔，也不恨任何人，更不恨你。」

溫郁謙嘴裡這麼說著，然而他搭在韓品儒肩上的手卻慢慢移到了脖頸，輕輕掐著。

「所謂的朋友不就是這麼回事嗎？不問理由，只需全心全意奉獻，赴湯蹈火在所不辭，即使被當成免洗筷一樣用完即棄，也要笑著原諒對方。我最遺憾的是沒有及早發現宥翔的意圖，不然我就可以親自將心臟挖出來給他了，哪怕他會把它一腳踩碎在地上……我不恨他，眞的不恨！」

溫郁謙突然使力，韓品儒的脖子被他狠狠掐住，像被鐵爪牢牢地箝著一般，呼吸變得困難起來。

「郁……郁謙……」

「你爲什麼不替我報仇呢？你明明有很多下手的機會，爲什麼要放過他？李宥翔是你的朋友，那麼我溫郁謙就不是？他殺了這麼多人，死十次也不夠，而你竟然像什麼事都沒發生過似的，一次又一次地放過他？你是非要等到再有人死在他手上才會清醒嗎！」

「咕……宥翔他……也是因爲遊戲才……」

「遊戲只是藉口而已，有些人生來就是依靠剝削其他人而活，這種人沒有慈悲，也不値得別人對他們慈悲。我說的可不只有李宥翔，在這兩場遊戲裡，你遇到的剝削者還少嗎？爲什麼你可以眼睜睜看著他們傷害你、傷害你所重視的人？想想看，正是因爲你的忍讓、你的軟弱，才導致了宋櫻的死亡，不是嗎？」

韓品儒也曾質疑過自己是否間接害死了宋櫻，此時被溫郁謙一語道破，他頓時渾身僵硬，血液似要凍結。

「宋櫻是……因爲我……才死？」他艱難地從喉嚨擠出這句話。

「如果你沒有催促胡靜悠使用滅火器，小丑早就被燒死了，之後的事情也不會發生。你不只害死了宋櫻，還害死了胡靜悠和徐勇孝，你的雙手沾滿了所有死在小丑槍下的人的鮮血。最離譜的是，當你有機會殺小丑的時候居然還在猶豫？你以爲你是聖人嗎？別人搧了你的右臉，就把左臉也轉過去讓他搧？」

「咕……呃呃呃呃！」

溫郁謙加大手上的力度，韓品儒彷彿聽見自己的喉骨被捏碎的聲音，他不斷掙扎，卻無法令溫郁謙鬆手，當他以爲自己會就此死去時，溫郁謙終於放過了他。

「我知道你向來善良，可是善良並不等於軟弱。要是你繼續當爛好人，便是將宋櫻再次推向死亡。你若想保護宋櫻，就必須捨棄虛僞的善良，把身心武裝起來戰鬥，收集卡牌讓她勝出這個遊戲，否則——」

一名全身赤裸的長髮女孩在黑暗中浮現。

她整個人被吊在半空中，雙手高舉著，背部的皮膚沿著脊椎被殘忍切開，再從肌肉慢慢剝下來，猶如一隻正在展翅的血色蝴蝶。

女孩慢慢地轉向韓品儒，她身上有著栩栩如生的櫻花刺青，表情因痛苦而扭曲。韓品儒發出了不像人聲的慘呼，宛如他才是被活活剝皮的人。

「這就是她的下場。」

「不！」

「萬一無法勝出遊戲，宋櫻就會以最慘無人道的方式被虐待致死，而這一切都是你所謂的善良造成的。」

「宋櫻……不要……」韓品儒跪倒在地，臉上涕淚交加，「我會……收集撲克牌……讓她勝出遊戲……」

「假如有人阻止你，或是搶走你的牌呢？你會繼續忍氣吞聲，任由他們爲所欲爲嗎？」

「我不會……讓這種事發生……爲了讓宋櫻勝出……我會不惜一切……」

溫郁謙的身影漸漸液化和拉長，他不再是那個栗髮男孩，而是某種自黑暗而生、既似人類又不似人類的扭曲怪物。

「沒錯，你會不惜一切。」

怪物如巨型蠕蟲絞殺獵物般纏繞上韓品儒的身軀，再分裂成細小的蛆蟲鑽入他的眼眶，入侵腦髓。

「爲了讓宋櫻勝出，你會不擇手段，殺掉所有阻礙你的人。」

「我會……殺……」

「你會成為……扭曲的怪物。」

下一秒，韓品儒失去了知覺，墜入無盡的黑暗漩渦。

♠ ♥ ♣ ♦

「這傢伙應該不會醒來了，乾脆殺了吧……」

「我說過了，我們需要活祭品……」

「好好好，人家都聽你的，誰叫你才是贏得紅心國王的人……」

隱約的對話聲敲醒了韓品儒昏沉的腦袋，他慢慢睜開眼皮，對準焦距後，發現自己已經不在那個黑暗的房間，而是身處於某條走廊上，面前站著兩名男生。

左邊的男生是李宥翔，而右邊的男生身材高瘦，頭髮和皮膚的色素都極淡，近乎慘白，他那細長的眼睛隱隱閃動著紅光，左耳戴著數枚黑色耳釘，一副妖裡妖氣的樣子。如果要用一種動物來形容，那肯定是蛇。

「終於醒來了？」

妖氣男生對韓品儒說，皮笑肉不笑的。

「看你的樣子應該不曉得人家是誰吧？人家是二年A班的白修羅……算了，人家幹麼要對一個快死的人自我介紹？」

韓品儒用異常凶狠的眼神死盯著李宥翔，咬牙切齒低喃：「李……宥翔……李……宥翔……我要……殺了你……殺……」

「你們認識？對了，你們好像是同一間學校轉過來的。」白修羅饒有興味地來回打量他們，「他說要殺了你耶，你欠他錢？睡了他女友？」

「走吧。」李宥翔冷淡地說，「要把握時間。」

白修羅用力一扯某個東西，韓品儒整個人便被逼得從地上站了起來，白修羅看起來沒有多強壯，力氣卻很大。

韓品儒的脖子、雙手、雙腳均被套上沉重的鐐銬，並拖著長長的鎖鍊，鎖鍊的另一頭正是由白修羅拿著。這些東西大概是從囚室之類的地方拿到的。

「遛狗時間到嘍。」白修羅笑咪咪地說。

韓品儒毫無反抗的餘地，只能跌跌撞撞地跟在他們後面。

一行三人穿過一條又一條走廊，拐過一個又一個轉角，來到了某個房間。

這個房間面積甚大，中間放著一張垂著帷幔的四柱大床，到處都是華麗陳舊的傢俱。

房間角落有個巨大的銅製衣櫃，約三公尺高，讓三、四個人進入完全不是問題。

櫃門上面有不少圓形浮雕，和韓品儒先前見過的銀白色大門一樣，不過數量和分布的方式並不相同。

「開門吧。」李宥翔命令韓品儒。

「我憑什麼要聽你的？」韓品儒的嗓音冷得宛若寒冬裡的生鐵欄杆。

「這是最快找出正確房間的方法。」李宥翔平靜地表示，「可惜這個空間無法使用撲克牌的能力，否則用『人形獵犬』去開門是最好的。」

「我們之前逼了好幾個傢伙開門，他們進去後都發出了殺豬似的慘叫，看來裡面真的有很可怕的怪物呢。」白修羅笑容滿面，「如果你進去後還有命出來，記得要告訴人家是怎樣的怪物唷。」

韓品儒兩眼直勾勾地盯著他們，如同兩個無底洞一般，其中蘊藏著異常深沉的黑暗。有那麼一瞬間，李宥翔彷彿看到無數蛆蟲在他眼裡扭來扭去。

「你到底——」

使人背脊發寒的歌聲驀地再度響起，打斷了李宥翔想說的話。

一個扭曲的國王

中了扭曲的詛咒……

「嘖，又是這首鬼歌，那些扭來扭去的傢伙又要來了！」白修羅忍不住咂嘴。

趁著李宥翔和白修羅的注意力被歌聲分散，韓品儒揚起鎖鍊狠狠甩向白修羅，力道大得不像是他瘦小的身軀能夠使出的，接著便往房間的出口拔足狂奔。

「你這……」

白修羅用手按著流血的右眼，正要追上韓品儒時卻被李宥翔阻止。

「那個人……現在很危險。」李宥翔低聲說，「他……恐怕已經不是原來的他了。」

逃離李宥翔和白修羅後，韓品儒在塔樓裡四處尋找可以鋸斷鎖鍊的工具。

走到一處轉角時，一名頭髮染成粉紅色和粉紫色、戴著星形眼鏡的深膚色女生突然冒出來，讓他險些撞上。

「小品儒！嗷嗷嗷，太好了，終於找到你啦！」

這名女生正是殷鹿，只見她誇張地拍著胸口，長長吁了口氣。

「嚶嚶嚶，這裡眞的好可怕！剛才歌聲響起的時候，莫名多了好多扭來扭去的人，我差點就被抓到了……對了，你知道小櫻在哪裡嗎？」

韓品儒沒有回答，只是冷漠地問：「鋸斷鎖鍊的利器，有嗎？」

「咦咦？小品儒你怎麼變成囚犯啦？我沒有利器喔，不過……」殷鹿從口袋拿出迴紋針，賊賊一笑，「用這個我十秒就可以搞定嘍。」

她輕車熟路地用迴紋針在鑰匙孔裡鑽了鑽，很快便解開鐐銬。

「總之找到小品儒你實在太好了，我們接下來一起行動吧！」殷鹿說著，拿出了手機，「對了，剛才我發現──」

韓品儒打斷她，問道：「妳有撲克牌嗎？」

「欸？幹麼突然問這個？我有五張喔，怎麼了？」

「給我。」

殷鹿露出疑惑的眼神，不過還是把撲克牌交給了他。

「曾經啟動過異能的撲克牌，必須在持有者死亡的情況下才能轉移持有權……是這樣沒錯吧？」

「小品儒你在說什麼？我聽不清楚耶。」殷鹿偏了偏頭，「是說從剛剛開始你就有點奇怪……」

韓品儒驀地瞪大眼睛，一臉驚訝地望著殷鹿身後的花窗玻璃。

殷鹿很自然地轉過身去，韓品儒趁機從後方狠狠推了她一把，將她連同玻璃一起推出窗外。

良久，外面仍未傳來重物墜地的聲音，韓品儒探頭查看，原來殷鹿緊緊抓住了窗沿，正以危險的姿態懸掛在外頭。

「小品儒你……爲什麼推我……」

殷鹿呻吟著，此時兩人視線相接，她臉上痛苦的表情瞬間化爲恐懼。

「你的眼睛……你……到底……」

韓品儒把一塊玻璃碎片狠狠扎進她的手背，殷鹿慘叫一聲，再也抓不住窗沿，往地面直直墜落下去。

確定殷鹿變成一團肉泥後，韓品儒正要離開，瞥眼卻見到地上有支手機，上頭貼滿了閃亮的水鑽，還有一個小鹿娃娃吊飾，明顯是殷鹿遺落的。

打開手機，跳出的畫面並非主頁面，而是一個應用程式。

Welcome to 占星の祕密❀園～快來看看今天的妳有多Lucky吧♪

韓品儒隨意地將頁面往下滑，內容都是些星座運勢和星座知識等，正要關閉時，卻捕捉到一幅令人在意的圖畫。

他想起了之前在金屬門上看見的圓形浮雕，在腦海中將浮雕和這幅圖重疊後，瞬間理解了其中的含義。

那些浮雕看似毫無規律，但只要用線條加以連接，便會發現呈現的其實是一幅星座圖。

「扭曲國王」之歌提及房間總共有十二個，與十二星座不謀而合。

「原來每個房間都代表著一個星座……」韓品儒沉吟，「可是……這跟黑桃國王又有什麼關係？」

關於這點他尚未琢磨出來，於是決定先帶走殷鹿的手機，繼續探索。

韓品儒把整座塔樓走了一遍，途中還遇到其他同學，當他再次回到入口大廳時，一個女生叫住了他。

「小韓。」

韓品儒聞聲望去，見到了那道心心念念的熟悉身影。

「宋……櫻……」像是要確認對方的身分似的，韓品儒反覆低聲叨念著，「宋櫻……宋櫻……宋櫻……我要……爲她收集撲克牌……」

「終於找到你了。」宋櫻快步走來，顯然鬆了口氣，「這個空間不能使用簡訊，我還在想要怎樣聯繫你……對了，你有遇到雙色頭嗎？」

韓品儒沉默了一下，「我……沒有。」

「你還好吧？」宋櫻微微蹙眉，「沒發生什麼事吧？」

韓品儒搖搖頭。

「眞的？」

見宋櫻露出懷疑的眼神，韓品儒決定轉移她的注意力，指著她手裡的東西。

「妳手上的……是什麼？」

「這本書是我在某個房間的火爐裡發現的。」宋櫻把封面嵌著寶石的書遞給他，「雖然沾了一些爐灰，裡面還挺乾淨的。」

韓品儒接過書，只見這是一本泥金裝飾的古代手抄書，裡面有許多色彩鮮豔的插圖，其中還有幾張撲克牌的繪圖。每種撲克牌的花色旁都畫了相對應的季節和元素，紅心是春天和水元素，梅花是夏天和風元素，方塊是秋天和火元素，黑桃則是冬天和土元素。

「黑桃代表的是冬天和土元素……」韓品儒喃喃地說，「如果把這個跟星座結合的話……」

「星座？」宋櫻問道，「說起來，那些金屬門上的圓形浮雕跟星座圖有點像……你是怎麼知道的？」

「就……剛好知道。」

韓品儒含混地回應。

「沒記錯的話，星座分爲四象，屬於土象星座的有摩羯座、金牛座和處女座，其中只有摩羯座是在冬天出生。另外，每個星座都有一個守護的行星，而每個行星都代表著一種金屬元素，印象中……摩羯座的守護行星是土星，代表金屬是鉛。」

「幸好你有這方面的知識。」宋櫻點了點頭，「那麼我們只要把鉛製的門找出來就可以了。」

鎖定目標後，他們再次展開搜索。兩人在塔樓裡轉來轉去，找到了所有金屬製的門，唯獨沒發現鉛製的。

「我們已經把每個門都找過了，應該不可能有遺漏才是，難道是藏在什麼隱密的地方……」宋櫻沉吟著，隨後靈機一動，「不對，還有一扇門我們一直沒去注意。」

一個扭曲的國王

中了扭曲的詛咒……

陰魂不散的歌聲再度傳來，他們一邊躲避扭曲的人，一邊返回塔樓的入口大廳。

如宋櫻所料，大廳的門果然是鉛灰色，上面有許多圓形浮雕，連接起來便形成近似三角形的摩羯座星座圖。這扇門實在太大，又是塔樓的入口，因此成了一個思考盲點。

將門推開，外面本應是城堡的中庭，此時卻化爲了一間大得驚人的石室，除了他們進來的這扇門以外，還有另一扇不知通往哪裡的門。

不計韓品儒和宋櫻，石室裡共有五名男生和一名女生。男生是李宥翔、白修羅，還有一個身材高大魁梧的男生和兩個膚色黝黑的男生。而那名唯一的女生頭髮束成馬尾，身材相當結實，看來是個運動健將。

兩個黝黑男生一看到韓品儒，立刻一副仇人相見的模樣，揮著拳頭衝了上去。

「你這混蛋！絕對不能放過你！」

他們把韓品儒按倒在地一陣拳打腳踢，韓品儒也不甘示弱地還擊，招招致命，宋櫻和高壯男生見狀趕緊把他們分開。

「你這失心瘋的殺人魔！居然把我的好朋友推下走廊地板的破洞殺了他！絕不原諒你！」

「要不是你逃得快，老子當場就宰了你這混蛋！可惡！」

兩名黝黑男生雙目含淚，大聲咆哮。

「殺人魔？推下破洞？」宋櫻不禁疑惑，「這是怎麼回事？」

「哇塞，這麼說來人家被他用鎖鍊打到還不算最慘嘍？」

白修羅笑了出來，他的右眼用布條包著，仍在滲著血。

宋櫻正要再問，此時石室的門突然傳來鍛打金屬時會有的鏗鏘聲，隨著火星四濺，一段文字以雕刻形式出現在門上，吸引了眾人的目光。

戰而殺巨人者，受膏爲王；
戰敗復被殺者，爲獸所餐。

接著石室中響起「隆隆隆隆」的聲音，左右兩面牆壁像旋轉門一樣，緩緩轉了一百八十度。

只見牆壁的背面掛滿了各式各樣的武器，還有鎧甲和盾牌，猶如兵器博物館。這些武器大多是比較原始的冷兵器，例如刀、劍、斧、弓箭等等，種類繁多，看得人眼花繚亂。每種武器都只有一把或一套，鎧甲和盾牌則有不少，看來是每個人都有的標準裝備。眾人將注意力放到新出現的文字和武器上，韓品儒和其他人的衝突變成次要的事。

「受膏是什麼意思？爲獸所餐是指會被吃掉嗎？」

「下面有行字寫著『只限拿一種武器』……這也太小氣了吧。」

「對手是巨人的話，使用遠程武器應該更有利，像是弓箭之類。」

「但是裝箭很花時間，對門外漢來說難度太高了，而且箭矢數量有限。」

趁著眾人在討論門上文字和武器的時候，兩名皮膚黝黑的男生互相使了記眼色，分別從牆上拿了短劍和手斧，悄悄走到韓品儒的背後——

「喂，沈宇和范宙，現在不是內鬥的時候，有什麼私人恩怨留待殺完巨人再算，好嗎？」

高壯男生司徒泰山注意到了他們的意圖，伸手按住他們的肩膀。

沈宇和范宙瞧了司徒泰山肌肉發達的手臂一眼，那比他們兩個的手臂加起來還要粗壯，要是眞的開打他們肯定討不到好，於是他們嘖了一聲，悻悻然把短劍和手斧放回原處。

「我們現在也算是一個團隊了，內鬥只會不必要地消耗戰力。」司徒泰山雙手環胸，以領袖之姿環顧石室裡的所有人，「這樣吧，既然我們有八個人，那就四個人一組，分成甲、乙兩個小隊來行動好嗎？」

「怎麼說？」束馬尾的結實女生問，她叫楊婕。

「有計劃地行動總比一盤散沙來得好吧？我的想法是這樣的，甲隊是誘敵部隊，負責當誘餌分散巨人的注意力，乙隊是遠攻部隊，在安全的距離外支援甲隊，同時削弱巨人的力量。不過……」

「不過什麼？」

「不過可能輪不到大家出手，巨人就已經被我打倒了。」

司徒泰山露齒一笑，從牆上的眾多武器裡挑了一把刀刃形狀有如火焰的匕首。

「我叔叔是格鬥專家，我從小就跟他學習格鬥術，曾經打倒流氓，也拿過比賽冠軍。不管對方塊頭多大，只要不是拿著槍械，我都有自信可以周旋一番。所以我會擔任先鋒，要是不小心把巨人殺了，那不好意思，黑桃國王就是我的了。」

最後他們決定由韓品儒、李宥翔、沈宇和范宙負責誘敵，宋櫻、白修羅和楊婕負責遠攻，每個人都拿了各自順手的武器，有人爲了保險起見，連鎧甲都穿上，有人則嫌鎧甲笨重，只拿了盾牌。

眾人裝備完畢後，石室的門緩緩打開，從門外射入的光線刺目得幾乎令他們睜不開眼睛。

八人如同即將上戰場的士兵，懷著惴惴不安的心情步出石室。

來到外頭，眼前是一個巨大的圓形競技場，跟他們在西洋史課本裡看到的大同小異。競技場外圍是一層層的看臺，座無虛席，仔細一瞧，那些「觀眾」皆是之前在塔樓裡見過的扭曲的人。

競技場中央站著一名巨塔似的男人，他頭戴銅盔、身披鎧甲，腿上有銅製護膝，背後插著一支銅戟，腰間懸著一把大刀，手裡拿著一根鐵槍。

巨人渾身肌肉一塊一塊高高隆起，幾乎要把鎧甲撐破，手臂尤其誇張，恐怕連抱著胳膊這樣簡單的動作都做不到。與他相比，司徒泰山的肌肉就像笑話一樣。

廣場四周散布著四個鐵籠，全都關著凶猛的野獸，牠們在籠裡來回踱步、虎視眈眈，彷彿一逮到機會就會撲出來大啖人肉。

巨人像古代士兵開戰前叫陣那樣，對著韓品儒等人大聲咆哮了一段異國語言，籠裡的所有猛獸跟著躁動起來，發出震天價響的嘶吼。如此聲勢，未開戰已讓人嚇得心膽俱裂。

巨人叫完陣後高舉鐵槍，手臂的青筋和血管一條條賁起，接著使出九牛二虎之力將鐵槍投擲出去。

沉重的鐵槍橫越半個競技場破空飛來，勢頭極猛，韓品儒等人馬上作鳥獸散，方才說要單挑巨人的司徒泰山更是跑得比誰都快。

沈宇穿著不利行動的鎧甲，手中又拿著沉重的武器和盾牌，一下走避不及，竟被鐵槍直接貫穿鎧甲和身體，粉碎了心臟。

「阿宇！不要！」

范宙慘叫一聲，不顧一切地衝向好友。巨人大步流星走向他們，抽出腰間大刀，往范宙的頭頂直劈而下——

嗖！

一支箭矢挾著勁風飛去，正中巨人的手臂。巨人慢慢回過頭，五官憤怒地糾結，狠狠瞪著手持十字弩的宋櫻。

宋櫻並未在他凶狠的目光下退縮，反而再裝一箭，瞄準巨人的臉部射出。

巨人大嘴一張，兩排牙齒用力一闔，竟生生咬住了箭頭。

「他……是怪物嗎？」楊婕一臉駭然，掩不住話音中的顫抖。

宋櫻發動第一波攻擊後，其他人不敢怠慢，射箭的射箭、投石的投石、擲斧的擲斧，密集地朝巨人進攻。

「嗚啊啊啊啊啊啊——」

巨人的右眼被一塊石頭砸中，發出慘烈的哀號，石頭取代了眼球，深深陷在他的眼窩裡，無論他怎樣挖也挖不出來。

「這是好機會，大家快上啊！」

司徒泰山在安全的後方大聲叫嚷，令人有種想丟下巨人去攻擊他的衝動。

巨人失去右眼後，不僅視野受到限制，距離感也出現問題，眾人紛紛待在他的視覺盲點發動攻擊，還有人利用盾牌反射陽光，削弱巨人另一隻眼睛的視力。

巨人盲目地揮舞著大刀，在競技場上橫衝直撞，眾人紛紛閃避，結果巨人撞上了獅籠，手裡的大刀好死不死地砍中籠子的鐵欄。獅子趁機從籠裡飛撲而出，大張著嘴往巨人臉上咬去，巨人雖然避開了，頭上的銅盔卻掉了下來。獅子接著瞄準巨人的手臂咬下一大塊肉，巨人怪叫一聲，大刀頓時脫手。

當獅子再次張牙舞爪地撲上，巨人從喉嚨深處發出怒吼，徒手抓著獅子的身軀，雙手一發勁，一頭雄獅便如幼貓一般被活活撕開，鮮血內臟迸流一地。

見巨人如此凶猛，所有人都保持著距離不敢靠近。李宥翔向白修羅使了記眼色，白修羅會意一笑，謹慎地繞到巨人後方，抬手扔去一個裝著燃燒劑和暗器的陶罐。

罐子撞擊後產生爆炸，火焰瞬間席捲巨人全身——這個陶罐看似平平無奇，卻有「古代手榴彈」之稱，殺傷力不容小覷。

身披鎧甲的巨人被火一燒，變得猶如鐵板上的烤肉一樣，但他無視身上的火焰，舉著熊熊燃燒的大刀亂砍亂劈，氣勢不減反增。

眾人再次慌忙走避，過了一陣子，巨人的動作變得越來越慢，之後更似是支持不住，臉朝地面倒了下去。

「他……死了嗎？」「我們……贏了嗎？」「結束了？」

大夥兒在遠處議論著，都不敢走近去查看。

宋櫻朝巨人射去一箭，巨人依舊毫無動靜。司徒泰山先前臨陣退縮，想要趁機挽回顏面，於是大著膽子走到巨人旁邊伸腳踢了一下。

說時遲那時快，巨人忽然「活」過來，伸手抓住司徒泰山的腳踝將他重重摔在地上，然後抓著他的頭往地面猛撞。

「救……救命……」司徒泰山血流滿面，口齒不清地呼救。

然而其他人就是想救他也來不及了，「喀嚓」一聲，巨人把他的脖子像樹枝一樣折斷。

巨人的殘暴和兩名同學的慘死，深深打擊了眾人的士氣。現在競技場上的玩家只剩下韓品儒、宋櫻、李宥翔、白修羅、范宙、楊婕六人。

「他是不死身嗎？」楊婕害怕不已，握著武器的手微微顫抖，「燒成那樣，頭骨被射穿也不死，根本是怪物啊！」

「會死……我們都會死……」范宙喃喃地說，「連阿宇都死了……我們沒有任何勝算……」

李宥翔始終保持著沉默，此時卻發話：「不，他並非不死身。只要打中他的額頭，說不定就能打倒他了。」

「額頭？爲什麼？」

與其他人的一頭霧水相反，宋櫻馬上領悟。

「你說的……應該是聖經中大衛打倒歌利亞的故事吧？」宋櫻冷冷開口，「我剛才就覺得奇怪，明明石室裡有這麼多武器，你卻偏偏選擇了投石索……你是非要等到有人犧牲才說出來嗎？」

正如宋櫻所言，李宥翔早就發現了這個任務的眞正目標——表面上是要殺死巨人，實際上是要重現聖經裡的故事場景。

「那是沒發現的人不對吧？」白修羅笑嘻嘻地反駁，「撲克牌的四名國王都是歷史人物，其中黑桃國王就是大衛王。大衛在受膏爲王之前，曾經因爲用投石索擊敗巨人哥利亞而一戰成名，所以想打倒巨人的話，就要像大衛那樣用石頭打中巨人的額頭嘍。」

「我之前沒說出來，是因爲我對任務的目標不是百分之百確定，如果說出錯誤的情報，可能會導致全軍覆沒。」李宥翔淡然表示，「多虧大家的努力，讓我驗證了巨人確實不能用普通的方法殺死，可惜想打中巨人的額頭還是相當困難，希望各位能助我一臂之力。」

「到底是眞的爲大家著想，還是想藉巨人之手排除競爭者，這只有你自己才知道。」宋櫻仍然維持著冰冷的語調。

在他們說話期間，巨人再度發動攻擊，使用遠程武器的人大都已將武器用光，又來不及去撿拾，只能狼狽地左閃右避，明顯撐不了多久。

「把投石索給我。」韓品儒突然對李宥翔說。

李宥翔瞥了他一眼，但沒把投石索交出去。

「我說，把那該死的投石索給我，你這混蛋！」

韓品儒用異常陰森的語調重覆了一遍，全身散發著強烈殺氣。

李宥翔尙未回答，白修羅便搶著說：「給了你，你也不一定會打中啊？」

韓品儒目露凶光，正要強奪投石索的時候，李宥翔卻道：「好，我把投石索給你。」

李宥翔將投石索往空中一拋，韓品儒正要去接，沒想到被楊婕捷足先登。

「歹勢，看來黑桃國王是我的囊中物了！」楊婕高叫。

韓品儒臉色一沉，抓起一把沙子往楊婕臉上撒去，趁著她痛得睜不開眼睛奪走投石索。

「混蛋，絕對不會讓你得到黑桃國王！」

范宙也挾著私怨加入戰局，投石索被三人你爭我奪，差點就被扯爛。

宋櫻微一咬牙，詢問李宥翔：「你剛才說要大家助你一臂之力，那你有什麼好方法嗎？」

「要打中活靶太難了，必須先限制巨人的行動。」李宥翔表示。

先前李宥翔和白修羅爲了押人去開門，從囚室拿來了許多鎖鍊，爲了防範未然一直都帶著，此刻正是派上用場的好時機。眼下最重要的是打倒巨人，於是宋櫻決定暫時跟李宥翔和白修羅聯手。

三人通力合作，先用鎖鍊絆住巨人的腳，再一圈又一圈地纏繞，把巨人像粽子般五花大綁起來。

巨人咬緊牙關，暗運內勁，只聽「鏘鏘」兩聲，其中兩條鎖鍊隨即被掙斷。

「快用投石索！」李宥翔高喊。

韓品儒和范宙依舊打成一團，反讓楊婕占了便宜，她撿起落在一旁的投石索，朝巨人甩出石頭，卻差了一點才打中額頭。見投石索被拿走，韓品儒和范宙立刻要去搶回來，於是另一場爭奪戰再度展開。

「嗚啊！」

范宙大聲慘叫，只見他在地上痛苦掙扎，一把匕首深深刺進他的肩頭，僅餘刀柄在外面，站在他旁邊的正是成功奪得投石索的韓品儒。

看到韓品儒使出如此激烈的手段，楊婕也不敢再爭奪下去，她咬一咬牙，轉投李宥翔等人的行列，協助他們用鎖鍊把巨人困住。

四人合力牽制巨人的行動，韓品儒專注以投石索發動攻擊，如此分工合作逐漸取得了成效。在經歷多次失敗後，巨人的額頭終於被擊中，石頭像寶珠一樣嵌進了他的前額。

巨人搖晃著沉重的身軀，猶如巨大的石碑倒塌般頹然倒下，惹來塵土飛揚。

有了先前的教訓，他們都不敢貿然靠近，只有李宥翔越眾而出走到巨人旁邊，用巨人的刀砍斷了他的脖子，接著高高舉起頭顱，展示給在場所有人看。

觀眾席傳來一陣如雷的鼓譟，所有扭曲的人都站立起來高唱。

掃羅殺死千千，大衛殺死萬萬！掃羅殺死千千，大衛殺死萬萬！掃羅殺死千千，大衛殺死萬萬！掃羅殺死千千，大衛殺死萬萬！掃羅殺死千千……

李宥翔手中的頭顱發出萬丈金光，接著凝聚成一張卡牌，上面的圖案正是黑桃國王。

「用投石索打倒巨人的不是韓品儒嗎？」楊婕一臉不解，「為什麼是李宥翔拿到了黑桃國王？」

眾人內心都升起相同的疑問。

「哎唷，你們不知道嗎？」白修羅笑盈盈地說，「大衛雖然用投石索給予了歌利亞致命一擊，但是真正奪走歌利亞性命的，是大衛之後用刀割下了歌利亞的頭喔。」

因此嚴格來說，李宥翔才是眞正殺死巨人的人。他方才同意將投石索交給韓品儒，除了是不想跟韓品儒正面衝突外，亦是預料到即使韓品儒成功用石頭打中巨人，也不會獲得黑桃國王。

拿到黑桃國王後，這場漫長且血腥的試煉終於迎來終結。

競技場的風景漸漸被白霧所取代，當白霧再次散開時，他們已經從異空間回到了舊校舍的頂樓。

李宥翔和白修羅馬上離開，韓品儒不甘看著黑桃國王白白溜走，正要追上去時，范宙卻擋住了他的去路。

「我們還有一筆帳要算！」

范宙不顧肩頭的傷勢，從一旁堆放的建材中抄起一根生鏽的鋼筋，直刺韓品儒的胸口，韓品儒一邊躲避，一邊摸索著褲袋裡的手機。

見他們再次打起來，楊婕怕被殃及，於是也趕緊離開。

沒有武器的韓品儒落居下風，范宙把韓品儒逼到了欄杆邊，正要一舉了結他時，卻聽見自己的身體發出奇怪的聲音。

范宙低頭一瞧，一根鋼筋從他的腹部穿了出來。

他轉頭想去看從背後偷襲他的人是誰，結果竟也是韓品儒。

「你明明在我前面……爲什麼會出現在我身後……」范宙露出詫異的表情，接著想起了某件事，「你用了『雙生靈』！這是我朋友的撲克牌異能……你殺了他後奪走了他的牌……

現在居然還有臉使用他的異能！」

「爲什麼不能用？」韓品儒和他的生靈同時冷冷地說。

「雙生靈」這項能力是在湊齊「順子（Straight）」後方能啟動，持有者可製造出一個生靈，其行動範圍必須在本尊二十公尺以內，超過範圍便會消失。生靈若受傷不會影響到本尊，而生靈若死亡，本尊雖然不會死，但是得經過六小時的冷卻時間才能再製造生靈，使用時間則是三小時。

韓品儒把鋼筋從范宙的身體裡抽出，范宙頓時像是被抽走了脊椎一樣，無力地倒在地上。正當韓品儒準備將鋼筋刺進他的心臟時，卻被人緊緊抓住了手臂。

「夠了！」宋櫻咬著牙道，「自從在關卡裡跟你會合後，你就一直古古怪怪的，你到底發生什麼事了？」

韓品儒用力甩開她的手，與此同時，一支貼滿水鑽的手機從他的口袋裡掉出來。

宋櫻撿起手機，見到吊飾是小鹿娃娃，她的臉色陡變。

「這是……雙色頭的手機？爲什麼會在你身上？」

「看就知道了吧？」韓品儒的語調毫無感情，「我殺了殷鹿，爲了持有她的撲克牌。」

啪！

一聲悶響，「黑傑克」不偏不倚地打中韓品儒的太陽穴，這一擊足以使人昏厥，韓品儒也確實倒在了地上，但並未失去意識。

「雙色頭……救了我們的命。」宋櫻異常憤怒地說，臉上的神情陰暗得可怕，「如果沒有她，我們此刻都不會站在這裡。」

「那又怎樣？爲了讓妳勝出這個遊戲，我什麼都會去做。」

宋櫻不敢相信韓品儒會說出這種話，看著韓品儒的眼神就像看到了一隻食肉羊。

「我在關卡裡的某個房間遇見了郁謙，他讓我明白到過去的我是多麼的軟弱和愚蠢。」韓品儒從地上爬起，冷冷地說，「不過我已經跟那樣的自己劃清界線了，現在的我只要能夠讓妳勝出遊戲，無論是殺人還是任何事，我都會毫不猶豫地去實行。」

聞言，宋櫻這才明白韓品儒之所以性情大變，原來是由於打開了錯誤的房間，並且被扭曲的怪物附身了。

她不知道要用什麼方法才能讓他清醒過來，她只知道必須先阻止他繼續傷害別人。

宋櫻緊緊捏著「黑傑克」，正要再次使用，一道人影突然從韓品儒後方撲了出來。

「去死吧！」

那人正是范宙，只見他撐著最後一口氣，死死抓著韓品儒的本尊，強拽著他倒向頂樓的欄杆。

韓品儒的生靈和宋櫻同時伸手去救，然而只抓到了衣服一角，無法阻止兩人連同被撞斷的生鏽欄杆一起往地面飛墜而下。

「砰」的一聲，范宙和韓品儒掉進一個裝滿廚餘的車斗裡。過了一會，韓品儒率先爬了起來，看起來並無大礙，范宙則依舊維持著掉下去時的姿勢，動也不動。

韓品儒拍掉身上的廚餘，踩過范宙的屍體跳下車斗走了。

007 黑桃王牌

「各位同學好棒棒唷～四張撲克牌國王都已經被找到了，大家都活下來了呢，眞是可喜可賀！爲了給努力的大家一點獎勵，我決定開放一個好玩的功能唷♥」

下一秒，走在鋼索上的小丑毛線娃娃拿出一個發光的網狀球體。

「下次再見面就是遊戲結束的時候了，大家加油，拜拜♥」

當時間來到中午十二點，也就是撲克遊戲只剩下最後三小時的時候，以上訊息被傳送至所有人的手機。

那顆球體其實是一份3D透視地圖，以各個玩家爲中心，清楚顯示出半徑五十公尺內的狀況。

地圖上有些地方一閃一閃地發亮，顯示出撲克牌的所在地，有的只有單獨一點，有的則是多個點聚集在一起，形成巨大的發光點。

韓品儒此刻身處的地方也有好些發光點，他試著走了幾步，那些發光點隨之移動。

目前範圍內最大的發光點在運動場，於是他無視倒在腳邊痛苦呻吟的兩名同學，手持仍在滴血的鋼筋往運動場前進。

來到運動場，韓品儒在跳遠用的沙坑附近遇見了顏莉佳。

「我們又見面了，品儒同學～」顏莉佳朝他嫣然一笑，俏皮地眨了眨眼，「謝謝你之前把方塊國王讓給莉佳，要不是你，莉佳也湊不齊皇家同花順喵～」

「把所有撲克牌交出來。」韓品儒用冰冷的聲音說，「立刻。」

「欸？品儒同學原本就是這種角色嗎？怎麼好像有點不一樣了？」顏莉佳側著頭。

韓品儒不再廢話，捏著鋼筋瞄準顏莉佳的胸口又快又狠地刺去，顏莉佳如小野貓般靈活地跳開，並且吐了吐舌尖。

下一秒，韓品儒的腦後突然襲來一道風壓，雖然他迅速閃到一旁，肩頭依舊被鐵鏟打中，肩胛骨怕是裂開了。

戴著圓框眼鏡、滿身血汙和沙粒的齊申站在那裡，他之前似乎是像鱷魚潛伏在泥沼般躲在沙坑內，伺機發動偷襲。韓品儒記得齊申在方塊國王的關卡發瘋後，就跟顏莉佳成了同路人，這兩人一個殘忍一個瘋狂，可說是臭味相投。

趁著齊申高舉鏟沙用的鐵鏟，韓品儒看準空隙以鋼筋刺入對方的腹部，抽出來時還扯出了一串腸子。齊申起初毫無知覺似的繼續攻擊，結果踩中了自己的腸子絆倒，最終還是不支倒地了。

「既然品儒同學是動眞格的，那莉佳也要認眞起來嘍～」顏莉佳笑嘻嘻地說，圓圓的大眼隱約閃過一絲光芒，「遊戲快要結束啦，是時候讓莉佳嚐嚐你的草莓汁喵～」

顏莉佳拿出手機啟動異能，接著整個人霎時長高——不，不是長高，而是變大。

她的身體不斷地膨脹，朝四面八方擴展，不出數秒竟變成了原本體積的十倍以上，差不多有四層樓之高。

「這還是莉佳第一次用這個叫『EAT ME』的異能呢，看來莉佳變得有點太大了喵～」

顏莉佳用平常的語氣說話，聽在韓品儒耳裡卻猶如雷鳴。她那巨大的身軀幾乎把陽光都遮擋住，與之相等的巨大陰影籠罩著下方的韓品儒。

顏莉佳笑著一貓掌掃過來，韓品儒頓時被強勁的風壓掃到地上。她本可以一掌拍死他，卻像貓戲鼠——正確來說是睡鼠——一樣欲擒故縱，刻意逗著他玩。

「品儒同學你要去哪裡啊？」

顏莉佳壞心眼地抓住韓品儒的衣領，高高提起後再往地上重重摔去，但在快碰到地面時又接住了他，而後把他當成毛球拋來拋去，接著故意讓他逃跑，再擋住他的去路。

由於體型差距過大，韓品儒毫無招架之力，只能像玩具一樣被她任意蹂躪、搓圓捏扁。

「好啦，莉佳玩夠了。」顏莉佳笑得燦爛，「品儒同學你就乖乖投降，讓莉佳喝你的草莓汁喵～」

顏莉佳將韓品儒捏在手裡，下一秒手指卻被狠狠咬了一口，吃痛之下不小心鬆開了手。

韓品儒從大約四層樓的高度摔下，由於剛好摔在柔軟的沙坑裡，雖然渾身痛得似要散架，卻僥倖撿回了一命。

顏莉佳嘟起嘴，「品儒同學你就不要垂死掙扎喵～」

龐大的黑影和風壓從頭頂落下，甫爬出沙坑的韓品儒來不及走避，被顏莉佳一腳踩中，接著還被用鞋底狠狠碾了幾下。

顏莉佳把腳挪開，滿意地瞧著變成一團肉醬的韓品儒，正要恢復成原本大小時，眼角餘光卻瞄到了另一個韓品儒——他的本尊正往舊校舍全力逃去。

「竟然有兩個品儒同學，太狡猾喵～」

她邁開步伐走向舊校舍，僅是隨手一撥，木造的舊校舍便和積木一樣倒塌了小半。

她在瓦礫間找到了韓品儒，抓著他其中一條腿拎在半空中搖晃，把他搖得暈頭轉向、腦袋充血。

「品儒同學，你這麼不乖，莉佳只好把你吃掉喵～」

顏莉佳張開牽著口水絲的血盆大口，正要將韓品儒的頭顱置於上下兩排巨大牙齒的中間時，韓品儒朝她的臉奮力一擲鋼筋，正中她左眼瞳孔。

顏莉佳慘叫著放開他，連忙拔出刺中眼球的鋼筋，韓品儒記取了上次的教訓，抓著她的衣服順勢滑落到地面。

「竟敢刺莉佳的眼睛！」

顏莉佳氣得七竅生煙，像要踩死老鼠一般在地上胡亂踐踏。

韓品儒走避時不慎被雜物絆倒，眼看顏莉佳大得堪比舢舨的鞋底就要壓下來，那鞋底卻逐漸縮小，顏莉佳變回了原本的尺寸——原來「EAT ME」的巨大化效果只能維持十五分鐘。

顏莉佳按著左眼的傷口，正打算且戰且退，某處突然傳來連續的槍聲，戴著小丑面具的夏螢站在不遠處的旗桿下，暴雨般密集的子彈從她手中射出。

韓品儒想也不想就拉過顏莉佳當肉盾，然而顏莉佳也不是任人魚肉的角色，她在中彈倒地後緊緊抱住韓品儒的腿，打定了主意要讓他陪葬。

韓品儒拾起瓦礫中的混凝土碎塊，毫不留情地一下又一下猛砸顏莉佳的頭，把她砸得頭破血流，這才逼得她放開了手。

韓品儒想拿走顏莉佳身上的撲克牌，但子彈轉眼殺至，他只好拔腿逃命，夏螢毫不放鬆地緊隨其後。

「莉佳輸了呢……」倒在血泊中的顏莉佳低聲呢喃，笑得一臉孩子氣，「可是……有股好香甜的味道喔……到底是……什麼……」

顏莉佳翕動鼻翼，深深地吸氣，接著發現香味竟是來自她本身的傷口。

「是草莓汁……」她舔了舔沾到手上的血，臉上浮現小貓聞到木天寥似的陶醉表情，「原來……莉佳的草莓汁才是最香最甜的……比小鈴的……還要甜得多……嘻……」

♠ ♥ ♣ ♦

韓品儒和夏螢把戰場轉移至校舍內，在走廊展開了追逐戰。夏螢這次絲毫無意放水，逼得異常之緊，使韓品儒連喘口氣的時間也沒有。

他的小腿結結實實地挨了一槍，手臂亦被流彈刨走了一塊肉，劇痛令他無法不放慢腳步，結果轉眼便被夏螢追上，並且逼進了死路。

「你明明已經被我射殺了，居然還活著……」小丑面具下傳出詫異的聲音，「不過沒差，反正我現在會再殺你一次。」

「難道妳就不好奇我為什麼能復活？」韓品儒語氣冰冷。

這句話讓夏螢扣扳機的動作凝住了。

「既然我可以死而復生，那其他人也是同理。」韓品儒只差沒有將「時雨澤」三個字說出來。

「把方法……告訴我。」夏螢顫聲說，「只要你把復活的方法告訴我，我可以放過你……不，你要我做什麼都可以。」

「說出方法後，我對妳便毫無用處，妳肯定會馬上殺了我。」

「那你要我怎樣才會相信？」夏螢急道，「求求你，告訴我復活的方法吧！」

「把槍放到地上。」韓品儒命令。

夏螢遲疑了一下，還是配合著慢慢降下槍口，並且將槍放在了地上。

趁著這一瞬間，韓品儒拿出藏起來的半截鋼筋迅速刺出，正中夏螢的側腹。夏螢慘叫一聲，吃痛之下趕緊去撿地上的槍，韓品儒把槍踢走後趁機逃跑。

由於小腿受到槍傷，他實在跑不遠，附近唯一可以躲藏的地方是廁所。

韓品儒躲進廁所，並試圖將一個裝著清潔用品的櫃子推到門後，沒想到櫃子十分沉重，他在受傷的情況下難以移動，只好改用其他雜物頂著門。

廁所裡除了進來的門以外並無其他出入口，他搜索廁所的隔間，查看有沒有可利用的物品，卻在最後一間目睹意想不到的景象。

一名臉色蒼白的男生癱坐在馬桶上，右手拿著刀片，左手的手腕被割得血肉模糊，深可見骨。即使如此，他還是有呼吸，胸口也在起伏。

他身旁有支手機，螢幕仍然亮著，上面顯示的文字似乎是寫給父母的遺書。從內容來看，他是被這個遊戲逼到崩潰才割腕自盡的。

見狀，一個殘忍的計畫在韓品儒的腦海裡成形。

夏螢的腹部雖然被鋼筋刺中，不過傷口比想像中來得淺，比起出血，更需要擔心的是細菌感染。只是現在的她沒空去爲傷口消毒，她還有更重要的事情要做。

「那些下雨的日子……我永遠不會忘記……妳要勝出這個遊戲……連著我的份……活下去……」

這是時雨澤的遺言，亦是夏螢至今仍在掙扎求生的原因。

爲了完成時雨澤最後的願望，無論前路有多艱辛，她都會咬緊牙關走下去。

「小丑」持有者的勝利條件與一般玩家不同，必須殺死最少十五名玩家才能勝出。

夏螢直到現在只完成了差不多一半，眼看玩家人數越來越少，如果她想獲勝，那就得抓緊每個機會，不能放過任何一個人。

夏螢想從韓品儒口中問出讓玩家復活的方法，卻被反咬一口，令她不禁爲自己的輕率大意懊悔。仔細想想，韓品儒根本只是在拖延時間。

見韓品儒逃進男生廁所，夏螢趕緊追過去破門而入。廁所裡散發著混合了清潔劑和排泄物的刺鼻氣味，地上溼答答的，最後一個隔間隱約傳出一名男生痛苦的呻吟。夏螢持槍走過一排小便斗，小心翼翼地靠了過去。

她稍微往後倒退，跟隔間的門拉開一段距離，門的下方看得見一雙男生的腳，裡面確實有人。她朝著隔間一陣亂槍掃射，呻吟馬上變成了慘叫，之後又回歸寂靜。

隔間的門多了無數彈孔，鎖頭也被射壞，正當夏螢要一腳踹開門時，卻發現自己不知何時已被煙霧包圍。

「咳！咳！咳咳咳……」

這些煙霧似乎帶有強烈的刺激成分，夏螢吸入後咳嗽不止，氣管灼熱如被火燒，眼睛也痛得幾乎睜不開。

她跌跌撞撞地跑向洗手臺，正伸手摸索著水龍頭之際，驚見鏡中隱約多了一名戴口罩的男生。

那名男生高舉馬桶水箱的蓋子，重重地砸向她的後腦——

♠　♥　♣　♦

時間回到五、六分鐘前。

韓品儒將一個裝滿水的大桶子放到馬桶水箱上方，再用刀片在割腕男身上多劃了幾刀，痛得對方不斷呻吟，之後便鎖上隔間的門，從門下爬了出去。

這間廁所常有學生往馬桶亂扔東西，所以校工在掃具櫃裡存放了大量的水管疏通劑。韓品儒把所有疏通劑拿出來，統統往地上倒去，除此之外還拿了一個馬桶的陶瓷水箱蓋，以作爲武器。

他才剛在掃具櫃裡躲好，夏螢便進來了。

夏螢接下來的行動一如他所料，她被割腕男的呻吟聲引導著，直接朝最後一個隔間走了過去。

她對著隔間開槍，射穿了水桶，流到地上的水與疏通劑產生化學反應，廁所裡頓時煙霧瀰漫。

掃具櫃裡有打掃用的口罩和通水管用的保鮮膜，韓品儒依靠這些保護自己的口鼻和眼睛。趁著夏螢看不清東西，他從藏身的櫃子走出來，使用水箱蓋偷襲。

夏螢反應極快，一察覺身後有人就迅速往旁邊閃避，但韓品儒依舊成功擊中她的頭部，聽聲音恐怕連頭蓋骨都裂開了。

下一秒，夏螢舉槍還擊，卻由於沒法瞄準導致子彈亂竄，韓品儒被流彈擊中，不得不負傷逃走。

夏螢追出了走廊，走沒幾步便被後腦的傷口拖累而倒在地上。她的視力所剩無幾，然而還是拚命想看清窗外的天色。

「如果……現在正在下雨……那該……多好……」

喪失意識前，她喃喃說出最後一句話。

結束跟夏螢的苦戰，韓品儒拿出手機，再次使用雷達查詢發光點的位置，發現有個巨大的發光點正在朝禮堂的方向快速移動，此外還有幾個較小的發光點跟在它後面，明顯是在狙擊那個巨大的發光點。

韓品儒身受嚴重槍傷，若換成其他人早已痛得走不了路，甚至當場休克，可是支配著他的扭曲力量不允許他停下來，哪怕肉體會因此崩壞。

韓品儒不顧左腿彎成怪異的形狀，一拐一拐地往禮堂趕去，當他經過禮堂旁邊的溫室時，一名身材高大的男生擋住了他的去路。

這個男生正是之前在方塊國王關卡見過的羅致歐，他身上那套瘋帽子的戲服染滿鮮血，左手拿著電鋸，右手摟著一個嬌小的女生，不過那名女生的身體已經支離破碎。

「北鼻妳放心。」羅致歐用哄小孩般的溫柔語調對他的女友朱芸葉說，「我會替我們找到很多撲克牌，我們都會勝出這個遊戲。」

羅致歐手中的電鋸發出「轟轟轟轟」的馬達空轉聲，上面的鍊條沾著頭髮和肉屑。

「剛才我用這電鋸幹掉了一個女的。」羅致歐冷冷地對韓品儒說，「她拿著一把破鐮刀，一副來勢洶洶的樣子，結果被我鋸斷了脖子，不想步上她的後塵就立刻把撲克牌……咦？」

羅致歐說著，卻發現自己眼前的景色開始變暗、傾斜，幅度越來越大，最終變成了九十度，而他整個人也跟著倒在地上。

韓品儒冷笑一聲，極度不屑地瞧著羅致歐的腹部。

那裡有一道橫切的傷口，約二十公分長，宛如口袋被打開了一樣，一堆內臟從傷口流出來，多半就是他口中那名手持鐮刀的女生造成的。

韓品儒搜了羅致歐的身，沒發現撲克牌，他本想拿走電鋸當武器，不過鍊條被頭髮卡住，已經用不了了。

他繼續往禮堂前進，抵達後看到裡面竟然變成了一片汪洋，舞臺和大部分的座椅均被淹沒，B班爲了音樂劇辛苦製作出來的布景板和道具統統泡湯，在水裡載浮載沉。

抬頭一望，原來是禮堂維修中的天窗破裂了，跟屋頂被掀了沒兩樣，再加上連日的傾盆大雨，難怪會變成這副慘狀。

在韓品儒進來之前，此處早已聚集許多人，看來學校裡仍然活著的人都在這了。

他們全都在互相殘殺，既有使用異能的，也有使用武器的，還有兩者皆用的。有人皮開肉綻，有人頭破血流，有人慘叫連連，簡直如同地獄。

「巨大發光點在舞臺，快去快去！」

「撲克牌是我的，不要跟我搶，你們這群廢物！」

「看老子宰了你，混蛋！」

韓品儒馬上投入這場激烈的競爭，像殺戮機器一樣把所有攻擊他的人一一擊退，甚至讓他們賠上了性命。

禮堂爲半地下式設計，從觀眾席開始往舞臺的方向逐漸傾斜，因此舞臺是淹水最嚴重的地方，想過去就得涉水而行。水裡雜物眾多，包括大量的玻璃碎片，每走一步都有機會受傷。

韓品儒一邊戰鬥一邊往舞臺前進，當他的腰部以下都浸在水裡的時候，附近幾個女生的對話傳進他耳裡。

「等一下，根據地圖顯示，巨大發光點停在舞臺中間很久了，可是那裡沒有人耶？」

「可能是害怕被圍攻，於是把撲克牌留下，金蟬脫殼跑了？」

「撲克牌等同於生命，遊戲又差不多要結束了，怎可能在這種時候輕易放棄？」

「妳們不要在這邊婆婆媽媽的！已經有人快抵達舞臺了，再不趕快撲克牌就沒了！」

「我覺得這是個圈套，舞臺那邊可能設了什麼陷阱，還是不要過去的好……趁著還沒發生什麼事，快點走吧。」

「這是獲得撲克牌的最後機會，即使是陷阱也不能退縮！妳想走就自己一個人走吧！之後可別跟我們要撲克牌！」

禮堂裡的人像難民般往舞臺湧去，唯恐晚了一步，撲克牌就會落入他人手裡。人人孤注一擲、卯足全力，就算有人察覺到違和之處，亦被從眾效應影響而失去了正確的判斷力。

幾個女生吵了一會，最終分道揚鑣，只有一名鮑伯頭女孩決定獨自折返禮堂門口。

當她踏出禮堂時，卻忽然驚叫起來。

「咦？我明明已經出去了……爲什麼外面也是禮堂？」

聽她這麼一喊，韓品儒的腦海裡浮現「結界增殖」這四個字。

這項異能能夠在室內張開結界，把人困在裡面，即使走到出口也無法離開。發動異能時，其中一個條件是持有者本人也必須身處在那個空間。韓品儒知道無論發動「結界增殖」的是李宥翔還是別人，都不可能是出於友好的目的。

「喂！妳們聽我說！」鮑伯頭女孩趕緊涉水回去找朋友，「舞臺上沒有陷阱，這個禮堂本身就——」

話還沒說完，一道無形的刀刃便貫穿她的喉嚨，使她再也無法言語，身體直直仆進水裡。這麼做明顯是要封她的口，韓品儒環顧四周尋找攻擊鮑伯頭女孩的人，結果在禮堂二樓包廂看到兩名佇立著的男生，他們正以俯視眾生的姿態注視著下方爭先恐後的人群。

「李宥翔……白修羅……」韓品儒喃喃說出他們的名字，「難道……」

注意到韓品儒投來的視線，白修羅對他微微一笑，把食指放在唇邊，示意他不要作聲。

啪滋！

禮堂某處傳來巨大的電流聲，韓品儒還沒搞清楚發生了什麼事，使人麻痺的劇痛就一下子從浸在水裡的下半身擴散至全身，肌肉、骨骼、內臟，甚至腦漿，全部活生生燒了起來。

慘遭電擊的自然不只他一人，釋放在水裡的強烈電流將禮堂裡所有人都處以極刑，積水變成一口煮沸的大鍋，把所有人活燙生灼，四周哀聲震天，一片群魔亂舞。

人們紛紛倒下，禮堂的水面「啵啵啵」地冒出大量氣泡，隨著時間流逝，氣泡逐漸消失，只餘下一具具飄浮的身體。

♠ ♥ ♣ ♦

「咳……咳……咳……咳咳咳……咳咳咳咳咳……」

韓品儒像是要把內臟統統嘔出來一樣，不斷地咳嗽，咳了差不多十分鐘才稍稍緩了下來。他全身都在痛，血液似在沸騰，腿尤其痛得厲害。

他環顧身處的地方，眼前是玻璃鋼骨打造的穹頂和牆壁，正是學校的溫室，而且他還剛好躺在園藝部精心栽培的花苗上面。

他身旁散落著雨鞋、橡膠手套、長竹竿、急救箱等物品，以及一臺心臟電擊去顫器。看樣子是有人把他從禮堂的水裡救出，再費了好一番工夫將他從死神手上搶回來，此外他身上的傷口亦被處理過。

「撲克牌！」

這是他第一件想到的事，他緊張地在自己的口袋翻找，見卡牌仍在，這才稍微放下心。

「撲克牌撲克牌撲克牌撲克牌……」韓品儒緊緊捏著那疊撲克牌，著了魔似的念念有詞，「我要收集更多的撲克牌，讓宋櫻勝出遊戲……沒錯……撲克牌……宋櫻……撲克牌……」

他拿出手機檢視發光點的位置，發現禮堂裡已經沒有任何發光點了，地圖的顯示範圍內唯一有發光點的地方是E館，於是他撐著痛得快要爆炸的身軀趕了過去。

最快抵達E館的方法是穿過中庭，當韓品儒來到中庭的時候，只見這裡由於被校舍環繞保護的關係，受到的損害相對較少，一棵棵櫻花仍然如夢似幻地盛放著。

明明整間學校都變成了殺戳戰場，這個地方卻依舊平靜得不可思議，好似從校園中分割出來的幻境。

走在中庭裡，一陣風吹來，粉白色花瓣輕輕飄落，宛如下起了一場最溫柔的雨。在滿目的櫻色之中，一抹長髮夾雜其中。

看著這一幕，韓品儒腦中忽然響起在撲克遊戲開始之前，在這裡聽到的一句話。

「總之有什麼事情都可以找我……我會在這裡等你。」

聽到身後的腳步聲，那抹長髮的主人——宋櫻回過頭來。

「我替妳收集了很多撲克牌。」韓品儒從口袋裡拿出一疊撲克牌，虔誠地用雙手捧著，「看，這些都是我收集的，它們全都屬於妳，這樣妳就可以勝出遊戲——」

啪！

宋櫻二話不說，伸手打掉了那疊牌，大風一刮，所有牌轉瞬飛向空中。

「不！」

韓品儒驚叫，他正要去把撲克牌追回來，一晃眼，嘴唇卻傳來異常柔軟的觸感——是宋櫻的唇。

剎那間，韓品儒腦袋裡一片空白，徹底喪失了思考能力。

直到宋櫻的雙唇離開，他還無法從這巨大的震撼中恢復過來，久久不能自已。

「無論是塔羅牌還是撲克牌，它們都只是紙牌而已，是比生命要輕得多的東西，不值得我們爲此埋沒良知。」

宋櫻低聲說，嗓音帶著韓品儒不曾聽過的脆弱和哽咽。

「我不需要你爲我收集撲克牌，我不需要勝出遊戲，我需要的只有你。那個會爲了被圍攻的女生挺身而出的你、那個會因爲把同學放在天秤上審判而痛苦的你、那個被朋友背叛但依舊難以割捨情誼的你、那個面對敵人卻仍手下留情的你、那個明白生命重量的你……眞正的你。」

韓品儒怔怔地注視宋櫻，呆了半晌後，驀地頭痛欲裂。

他雙手緊緊抓著頭，像在跟看不見的扭曲力量對抗。

他痛苦得跪在地上，兩隻眼睛朝不同的方向滴溜溜轉動，表情異常猙獰，全身關節發出「喀格喀格」的聲音，往不可能的方向屈折。

「啊啊啊啊啊啊啊啊啊啊啊啊啊啊啊啊啊啊啊啊啊啊啊啊！」

擁有溫郁謙面貌的扭曲怪物在腦海裡折磨著他。

「品儒，你還在這裡磨蹭什麼？快去把撲克牌撿回來！要是被別人拿走就糟了！」

「她……不需要撲克牌……」

「沒有撲克牌就會輸掉遊戲！宋櫻會死的！你想看到她慘死的樣子嗎？」

「她……不需要勝出遊戲……」

「醒醒吧！不要再軟弱了！你的軟弱和僞善會害死你！」

「她……需要的是我，眞正的……我。」

說出這句話後，韓品儒彷彿聽見腦內傳來怪物瀕死的哀號。

強烈的嘔吐感襲來，他朝著地面大吐特吐，大量蛆蟲狀的不明物體從口中湧出。

「吁……吁……」

隨著把穢物吐乾淨，他終於從怪物的噩夢裡清醒過來，始終苦纏著他的畸形毒瘤、侵蝕著他心智的惡性細胞，總算煙消雲散。

但解脫的感覺只持續了短短一瞬，當記憶開始回籠後，想起自己曾經做過的一切，血色漸漸從韓品儒臉上消失，他全身冰冷得無以復加。

「殷鹿同學……我……把她……推出窗外……殺死了……」韓品儒顫抖著盯著自己的雙手，「她救了我的命……我卻……還有其他同學……我爲了撲克牌……居然把他們……把他們……」

「你確實做了罪無可恕的事。」宋櫻緊握著口袋裡的小鹿娃娃吊飾，指關節微微泛白，「可是……你是因爲被怪物附身，才犯下這些罪行，所以這不完全是你的錯。」

「殷鹿同學……大家……對不起……」韓品儒跪在地上，失聲痛哭，「眞的……很對不起……」

宋櫻默默地陪在韓品儒身邊，任由他在淚水中懺悔自己的罪愆。過了好一會，韓品儒依然無法平復，深深地悔恨著自己對他人造成的傷害。

「只剩下一小時了。」宋櫻低聲說，「在這段最後的時間裡，我們把所有事情都先放下吧。反正到了三點，一切都會結束，我們說不定也能去雙色頭所在的地方了。」

韓品儒沉默片刻，之後極輕地點了點頭。

他們在櫻花樹下的長椅坐了下來，靜靜看著柔軟的花瓣如雪花般片片飄落，宛如在進行某種聖潔的儀式，要把染滿血腥的校園淨化一樣。

他們牽著彼此的手，但沒有為這個動作賦予更多含義。這麼做可能代表一種關係，或許是同伴、或許是朋友、或許是親人、或許是戀人……又或許，只是單純地讓兩顆心臟能夠連結在一起。

「把我從禮堂的水裡救出來的人……是妳嗎？」韓品儒低聲問。

「我是抱著把你拉出來鞭屍的心情去救的，畢竟你做了極其可惡的事。」宋櫻淡淡回答。

韓品儒露出蒼白疲憊的微笑。他很感激宋櫻救了自己，然而他也無法不去想，死在禮堂裡說不定才是最適合自己的結局。

當遊戲時間來到最後的十五分鐘時，中庭裡多了一道身影，韓品儒頓時有種預感——自己要提早結束遊戲了。

李宥翔不疾不徐走來，而宋櫻率先冷冷開口。

「我們沒有撲克牌。」

「我知道。因爲你們放棄的撲克牌都在我這裡。」

「那你想怎樣？」

「只有前任持有者死亡，才能成功轉移撲克牌的持有權。」

李宥翔的弦外之音再明顯不過。

「你已經獲得了幾乎全部的撲克牌，有必要做到這種地步嗎？」宋櫻沉著臉道。

「如果想湊成牌型中最大的『王牌五條』，就必須要有四張ACE和一張JOKER。我收集到了三張ACE和一張JOKER，只差一張黑桃A。」李宥翔平靜地解釋，接著問韓品儒：「你是黑桃A的持有者嗎？」

「沒錯。」韓品儒點頭，「你殺了我吧。」

宋櫻沉默地看著韓品儒，既然他心意已決，她也只能給予尊重。

「宥翔，我遇到了一個跟你很像，卻又完全不同的人。」韓品儒對上李宥翔的眼睛，「他說最應該受譴責的始終是這個遊戲。那麼，如果這個遊戲不曾存在，我們是不是就可以一直當朋友，還是遲早會因爲理念不同而分道揚鑣？」

直到現在，韓品儒依舊無法原諒殺害了溫郁謙和許多同學的李宥翔，也無法原諒李宥翔爲了勝出遊戲不擇手段，視同學們爲棋子。

同樣的，他也無法全心全意地痛恨李宥翔，將曾經的好友當成十惡不赦的罪人，歸根究柢他們都是這個遊戲的受害者，而且他雙手所染的血腥未必就比對方少，也沒有資格去譴責。

「那個『玩牌的人』，到底在想什麼？」

李宥翔沒有回答韓品儒的問題。

約莫一分鐘後，李宥翔離開中庭，同時湊齊了「王牌五條」的所有撲克牌，與等待他的白修羅會合。

飄然落下的櫻色花瓣和飛揚的長長髮絲，成爲定格在韓品儒眼裡的最後風景。

♠ ♥ ♣ ♦

撲克遊戲的吉祥物——小丑毛線娃娃一邊溫著鞦韆，一邊嘻笑著朝觀眾揮著小手。

「各位同學安安，撲克遊戲已圓滿結束嘍～現在一起來確認勝出名單吧♥」

小丑娃娃接著變出一個大大的告示板，上面列出了勝出者姓名。

二年A班 NO.36 李宥翔：確認勝出。持有撲克牌數目：30張。

二年A班 NO.22 白修羅：確認勝出。持有撲克牌數目：24張。

二年A班 NO.37 宋櫻：確認勝出。持有撲克牌數目：0張。

「恭喜以上通關者，可以活下來眞好呢～感謝各位參加遊戲♥」

收到確認勝出的簡訊後，李宥翔率先步出校門，白修羅笑容滿面地跟在他後頭，而宋櫻則是仍然待在中庭，陪伴著躺在長椅上的韓品儒。

李宥翔臨走前的最後一句話，在她的腦海中縈繞不斷。

——「王牌五條」的能力是「破格者」，也就是可指定一名玩家作爲遊戲的額外勝出者，若該玩家已經死亡亦可復活。

李宥翔到底在想什麼？他爲什麼要復活韓品儒？他有什麼目的嗎？

宋櫻實在猜不透李宥翔的心思。

韓品儒的眼皮稍微動了一下，不過宋櫻並不打算叫醒他。畢竟他們之後還有另一段漫長的路要走，在正式踏上旅程之前必須充分休息。

宋櫻把視線投向手機螢幕，那裡清楚地顯示著四個字。

將軍遊戲

（未完待續）

番外　紅心國王

玩家秦淵失去所有寶石，請用輪盤決定懲罰內容。

當這段文字在白板上浮現，名叫秦淵的男生發出了呻吟，伸手亂扯自己的頭髮。

「不……不……我不要啊……」

其餘玩家看著他，有的表示同情，有的暗自竊笑，有的一臉木然，而無論是哪種情緒，相同的是，他們都無力改變秦淵即將接受懲罰的事實。

「白修羅！」秦淵紅著眼向一名似乎患有白化症、左耳戴著黑色耳釘的單眼皮男生大吼，「提出在撲克牌上做記號的人可是你，如果我要受罰的話，你也別想置身事外！」

「沒錯，人家是提出在撲克牌上做記號，但人家只是嘴上說說而已，想不到你會這麼蠢，真的傻傻地實行啊。」白修羅笑咪咪地說，彷彿生來就只有這個表情，「還有，作弊的懲罰只是扣五十顆寶石而已，要是你的寶石夠多，也不至於會被一次扣光啊。」

「混蛋人妖！你會有報應的！」

眼前的賭桌中央有個輪盤，看起來像口金色的炒鍋，鍋底有個圓盤，盤邊是一圈紅黑相間的小格子，總共八格，其中七格是懲罰，只有一格是安全。

「上帝……佛祖……玉皇大帝……求神保祐，千萬要落在『安全』啊！」

秦淵轉動輪盤，膽顫心驚地把珠子擲進去。珠子先是在輪盤外圍不斷地繞圈，之後逐漸滑落至中間的圓盤，最終停在「安全」……旁邊的格子裡。

「哎，居然是落在鐵處女，虧人家押的是銅牛。」

下一秒，一個巨大的鐵櫃憑空出現，外觀是莊嚴的聖母模樣，內裡卻布滿了長長的鐵釘，很顯然是刑具。

秦淵嚇得面無人色，不顧一切地奪門而逃，卻被某種力量硬生生拖回來，並且強行塞進鐵處女裡。

櫃門關上，淒厲至極的慘叫隨之響起。

「鐵處女的鐵釘會刺穿受刑者身上各個非要害的部位，雖然會讓受刑者痛不欲生，但短時間內不會死亡，所以他應該會叫好一陣子……哎，外面是刮著大風沒錯，不過大家也不用瑟瑟發抖吧？」

享受著眾人的反應，白修羅兩眼彎成細細的月牙。

♠ ♥ ♣ ♦

這裡是位於T館的教師會議室，亦是「紅心國王」關卡的所在地。

除了掛在牆上的白板和時鐘，室內原本的物品均已消失，取而代之的是一張偌大的賭桌和七張座椅——其中一張座椅上面已經沒人了。

這裡舉行的遊戲名爲「酷刑五張換」，使用的撲克牌總共五十四張，獎品是紅心國王撲克牌和一項關於撲克遊戲的重要情報。

這個遊戲的自由度很高，沒有時間限制，直到只剩一名玩家爲止都會一直進行下去，也就是所謂的「大逃殺模式」。

在秦淵被處刑後，玩家只餘三男三女。男生是白修羅、李宥翔、袁諾，女生是淩小草、張玲瓏和文玥玥。

在各種撲克牌遊戲裡，牌技差的玩家往往會被稱爲「魚」，白修羅覺得這形容再貼切不過了。

在他看來，這裡的每個人都是魚，差別在於有的是美麗善鬥的鬥魚、有的是貪得無厭的食人魚、有的是擅長僞裝的珊瑚魚，或是注定成爲獵物的雜魚。

無論是什麼魚，對他來說都一樣，要問爲什麼的話，那是因爲他從來都不是魚，而是蛇。大部分的蛇皆是陸上動物，可不代表牠們不會進入水裡，據說某些品種的蛇入水後，會被激起狩獵的天性，變得更加殘忍暴戾，將眼前一切囫圇吞噬……就和他一樣。

白修羅下意識地舔了舔嘴唇，作爲這個回合的主持人，他微笑著對眾人說：

「那麼請下注吧。」

各人按照遊戲規則，將作爲參加費的十顆心形紅寶石放入賭桌中間的彩池。

自動發牌機給每個人發了五張底牌，接著便來到第一輪的下注時間，坐在主持人也就是白修羅左邊的人第一個下注，之後其他人以順時針方向依序下注。

再來是換牌，沒有蓋牌的人可以換一到五張不等的牌，也可以選擇不換。

接著是第二輪下注，有人加注，也有人選擇蓋牌。

到了開牌時間，每開一張牌都可以加注或蓋牌，這局最終由李宥翔以「散牌」勝出。

遊戲流暢地進行著，在第十五回合結束後，白修羅忽然皮笑肉不笑地說：「想不到這麼快又有人作弊了，真是學不乖啊。不得不說，利用『命運共同體』來作弊是滿高竿的，不過作弊始終是不對的呀。」

白修羅並未指名道姓，作弊的凌小草和張玲瓏卻立刻繃緊了臉。

由於撲克遊戲的異能是以牌型來決定，因此不同的玩家也可能獲得相同的異能。「命運共同體」是由五張散牌組成，這是最容易被湊齊的牌型，而凌小草正是「命運共同體」的持有者。

「你、你有證據嗎？」凌小草結結巴巴地問，「沒有證據就不要——」

「妳這笨蛋！」張玲瓏緊張地喝止。

「欸？人家有說作弊的是妳嗎？謝謝對號入座啦。」白修羅笑嘻嘻地說，「至於證據，妳們應該是在身體某處製造傷口來交換情報吧？例如用刀片在大腿刻下撲克牌的數字和花色之類……要掀起裙子給大家檢查嗎？」

白修羅說得絲毫不差，凌小草和張玲瓏的臉色霎時刷白。

玩家凌小草證實作弊，被扣除50顆寶石。

玩家張玲瓏證實作弊，被扣除50顆寶石。

玩家凌小草失去所有寶石，請用輪盤決定懲罰內容。

白板上浮現文字，凌小草全身不住顫抖，拉著好友張玲瓏的衣袖求救。

「玲瓏……救我……我不要死……」

張玲瓏卻狠狠甩開她，「『命運共同體』的持有者可是妳，如果不是妳我也不會被扣寶石，妳自己想辦法吧！」

「但我是因爲妳提議才用的啊……」凌小草哭了起來。

輪盤上的格子被選中後便會封起，因此現在只剩下六格懲罰和一格安全。

凌小草緊閉著眼睛把珠子擲進輪盤，再睜眼的時候，命運就被決定了。

白修羅吹了一聲口哨，「居然是斷頭臺，妳比秦淵那傢伙走運多了。雖然聽說人的腦袋被砍下來後，還會有微弱的意識，甚至可以眨眼……哎，妳應該不想再聽下去吧？」

此時鐵處女自動打開，秦淵布滿血洞的遺體從裡面滾出，讓人不忍直視。

隨後鐵處女被回收，一座直立的木架接力登場，梯形的鍘刀閃動著滲人的寒光。

張玲瓏驀地想起一件事，驚恐地對凌小草說：「小草，妳解除『命運共同體』了嗎？快解除啊！」

凌小草已被強行固定至斷頭臺上，她的頭穿過木枷的洞，蒼白的嘴角微微勾起。

「玲瓏，我們是『命運共同體』，去了那個世界，也要做好朋友喔。」

「不──」

鍘刀落下，凌小草的頭顱像西瓜般滾落，鮮血如水柱噴到牆上，而張玲瓏也同時迎接了相同的命運。

遊戲繼續進行，隨著時間過去，賭桌上各人的寶石數量逐漸有了明顯差距。目前排在最後的是袁諾，他只剩下不到五十顆寶石，要是再輸下去，恐怕會連參加費也交不出來。

袁諾本人對此自然十分焦慮，無奈他的牌技和運氣一樣不濟，只能眼睜睜看著寶石從指縫間溜走。

來到第二十二回合，袁諾終於獲得上天眷顧，拿到了一手好牌。

他推斷賭桌上沒有其他人的牌比他大，於是一口氣下注了二十顆寶石，除了白修羅以外的人都選擇了蓋牌。

到了開牌階段，袁諾的頭四張牌是黑桃9、黑桃10、黑桃J和黑桃Q，白修羅的牌則是紅心10、紅心J、紅心Q和紅心K。

「這也太巧了，該不會我們都是同花順吧？」白修羅微微一笑，「人家要不要加注好呢？」

袁諾明知自己的牌比他大，卻裝出害怕不安的樣子。

「我已經不能再輸了，你可以把這個回合讓給我嗎？」

「好……才怪，人家沒理由讓你吧？」白修羅無情地拒絕，「那麼，人家加注十八顆寶石好了——這應該跟你剩下的所有寶石數量相同吧？」

見白修羅一臉自信，袁諾憋笑憋到快要內傷。他起初以為白修羅會是一名勁敵，但現在看來只是徒具聲勢而已。

袁諾對於自己會拿下這一局沒有半點懷疑，因為他早就曉得白修羅拿的是什麼牌。剛才其他人都選擇蓋牌後，他偷偷用「第一人稱實況」看了白修羅的牌。

由於怕被發現，所以他只瞄了一眼，不過這一眼足以讓他得知白修羅的最後一張牌是方塊A，換句話說，白修羅拿到的只是「散牌」。

至於袁諾自己的最後一張牌則是黑桃K，也就是他拿的才是不折不扣的「同花順」。

袁諾努力維持語氣的平靜，「既然這樣，那我只好捨命陪君子了……All in。」

可是當雙方翻開最後一張牌的時候，袁諾卻再也無法平靜了。

他從椅子上站起來，指著白修羅的鼻子，「你的牌……不可能！我明明確認過了！你作弊！」

出乎袁諾的意料，白修羅的牌不是方塊A，而是紅心A，他拿到的是比袁諾的「同花順」更勝一籌的「皇家同花順」。

「作弊？你在說什麼？」白修羅一臉困惑，「還有，你是不是說了『確認』啊？難道說……你用了某種方法看了人家的牌？」

如果要揭穿白修羅作弊，袁諾就必須招認自己使用「第一人稱實況」的事實，這樣會導致兩敗俱傷，各扣五十顆寶石。

袁諾扣無可扣，落敗已成定局，至少說出來可讓白修羅陪葬。

「沒錯，我是用了『第一人稱實況』作弊。」袁諾乾脆地承認，「我清楚看到你的牌是方塊A，不可能會變成紅心A，你一定是換了牌！」

「你果然有作弊。」白修羅眉開眼笑，「其實之前好幾個回合人家都有發現你偷看手機，而且往往是在只剩下包括你在內的兩個玩家時偷看，果然這次也一樣。」

「那你也一樣。」袁諾死咬著白修羅不放，「你偷偷將牌換掉，別以爲可以瞞天過海！」

白修羅嘆了口氣，拿起他的牌亮給袁諾看，「你用『第一人稱實況』看到的牌……是不是這樣的？」

「沒錯……欸？」

白修羅手裡拿著三張牌，中間是倒放的紅心A，左右各有一張撲克牌，正好將紅心A中間的紅心蓋去一部分。

「人家故意把紅心A夾在兩張牌中間，讓紅心A看起來像是方塊A，你完全中計了呢。」

玩家袁諾失去所有寶石，請用輪盤決定懲罰內容。

袁諾面如死灰，自暴自棄地把珠子擲進輪盤裡，最終死於「碾腦器」這項刑具。

從遊戲開始以來，已經過了差不多兩小時，玩家人數也從七人減少至三人。

白修羅對這個進度很不滿意，在他理想中的情況，現在還在呼吸的應該只剩下他自己和李宥翔而已。

對於李宥翔這個轉學生，白修羅的印象大致就是含著金湯匙出生的公子哥兒。這種人從小養尊處優，抗壓性往往不高，遇到一點挫折便會崩潰，但李宥翔卻出乎他的意料，一直保持著冷靜沉著。

李宥翔是目前持有最多寶石的人，白修羅始終緊盯著他的一舉一動，試圖從中找出作弊的跡象。

他想過各種可能性，例如偷換牌、在牌上動手腳、用小動作傳遞訊息等等，不過都沒在李宥翔身上發生。雖然很不服氣，不過他只能相信李宥翔是靠實力取勝。

至於持有第二多寶石的人，意外的竟是文玥玥。她是個戴著大眼鏡、眼神充滿不自信的女生，從遊戲開始便始終緊抱著聖經，在玩牌的過程中常常翻閱，口中祈禱般念念有詞。

「妳為什麼要一直看聖經？」白修羅問她。

「不、不行嗎？」文玥玥緊張地問。

「規則裡並沒有寫不准看聖經吧？」白修羅輕笑，「只是……妳似乎不斷在贏牌，剛剛也連贏了三個回合，難免讓人有點懷疑。」

「你、你懷疑我作弊？」文玥玥忍不住提高嗓音。

「除非妳能解釋為什麼要看聖經。」

文玥玥臉上浮現掙扎的表情，之後低聲道：「好、好吧，其實……我是用聖經來占卜。」

「占卜？聖經可以用來占卜的嗎？」

「妳說的是Sortes Sacrae，神聖占卜吧？」幾乎沒開過口的李宥翔忽然出聲，「沒記錯的話，占卜的方法是隨意翻開聖經的其中一頁，看到的第一段文字便能預測將來的命運，對嗎？」

「沒、沒錯。」

文玥玥點點頭。

「這是去世的外婆教我的，她說遇到困難的時候，可以用這個方法尋求神的指引。昨天我和兩個朋友在禮堂附近聽見槍聲，朋友決定要躲進禮堂裡，但我在占卜後看到『有一條路，人以為正，至終成為死亡之路』這句話，於是躲到了其他地方。結果我逃過一劫，她們卻被小丑殺死了。還有，剛才有好幾個回合我都不曉得下一步該怎樣做，可是占卜後靠著神的旨意就贏了……」

白修羅聽了不禁啞然失笑。

他可不相信什麼占卜，在他看來占卜只是玩弄人心的把戲。

聖經可說是一本包羅萬象的書籍，解讀方法百百種，無論從哪個角度去理解都未嘗說不通，當一個人渴望獲得答案的時候，便很容易將某些經文對號入座。

如果文玥玥真的是神所寵愛的少女，那自然是個比李宥翔更難纏的對手，畢竟人類絕不可能與神為敵。不過白修羅天生反骨，若有必要，他甚至會向神的領域挑戰。

「人家還是覺得有點難判定耶。」白修羅故意為難她，「妳是因為占卜才贏牌的吧？應該也算是作弊的一種。」

「我、我沒有作弊！」文玥玥急道，「我只是用聖經聽取神的聲音！」

「冷靜點，只要沒人舉發，妳就不算是作弊。」白修羅微笑著安撫她，「這樣吧，為了公平起見，妳把聖經借我們，讓大家都可以用來占卜，好嗎？每個人都可以做的事就不算作弊嘍。」

「這、這個……」

「假如妳真的相信神會幫助妳，這樣做應該沒什麼大不了吧？」

文玥玥緊緊咬著下唇，最後還是妥協了。

來到第三十回合，白修羅收到底牌後，露出了傷腦筋的表情，「該怎麼辦呢？看來人家也要占卜一下。」

他拿起文玥玥出借的聖經，隨意翻開一頁，自言自語道：「馬太福音第二十三章第十二節，『凡自高的，必降為卑；自卑的，必升為高。』這是在說拿了好牌的人會輸掉，拿了爛牌的卻會贏嗎？」

開牌的結果是白修羅拿到了「散牌」，文玥玥拿到了「一對」，李宥翔則拿到「兩對」。

「如果占卜是準確的，那麼人家就會是最終的大贏家嘍。」白修羅笑咪咪地說。

之後的每個回合，白修羅都使用了神聖占卜，無論是哪條經文都被他強行解讀成對自己有利的意思。

「你要保守你心，勝過保守一切」被他解釋為不能換掉紅心牌。

「有施散的，卻更增添；有吝惜過度的，反致窮乏」被他解釋為下注時要放開手腳。

「凡有的，還要加給他，叫他有餘；凡沒有的，連他所有的也要奪去」被他解釋爲要乘勝追擊。

「你們要小心，不可輕看這小子裡的一個」被他解釋爲要保留底牌裡最小的一張。

白修羅每次都把經文唸出來，像是故意唸給文玥玥聽一樣，輸牌的時候輕描淡寫帶過，贏牌的時候卻大做文章，反覆強調是神的旨意。說到最後，就連白修羅自己都要相信神聖占卜是眞的了。

文玥玥雖然很努力地想不受他影響，卻還是忍不住流露出動搖，以往她占卜完後都能快速作出決定，如今卻老是猶豫不決，手氣也越來越差。

「『人非有信，就不能得神的喜悅。』」白修羅燦笑著說，「沒有信心的人，連神也會捨他而去呢。」

看著文玥玥黯淡的表情，白修羅確信自己已經把本應屬於她的「神的寵愛」轉移至自己身上了。

新的一回合開始，文玥玥的寶石所剩無幾，能起死回生或是從此墜入深淵，看的就是這一局。

李宥翔在第二輪加注時選擇了蓋牌，只剩下白修羅和文玥玥進入最後階段。

開牌的時候，白修羅的頭兩張牌是紅心3和方塊3，文玥玥的牌是黑桃6和方塊6。

「『在這裡有智慧：凡有聰明的，可以算計獸的數目；因爲這是人的數目，他的數目是六百六十六。』」白修羅翻開聖經，唸出他刻意挑選的經文，「666是魔鬼的數字，妳該不會是被惡魔附身了吧？」

文玥玥馬上緊張地反駁：「怎、怎麼可能？我只有兩張六而已！」

「原來妳只有兩張六。」白修羅眼裡閃動著笑意，「不過……妳看看這個回合是第幾個回合？」

文玥玥回頭去看白板，不禁倒抽了一口氣——正是第三十六個回合。

「這樣加起來就有三個六了吧？看來神眞的拋棄了妳呢。」

對迷信的人來說，這樣的巧合他們是會深信不疑的。當見到文玥玥的第一張牌是黑桃6時，白修羅便決定要誣衊她被惡魔附身了。

他們接著開牌，白修羅的牌是梅花A和方塊A，文玥玥的牌是黑桃A和紅心A。

「哇塞，我們的牌面都是兩對，而且其中一對都是A，這也太湊巧了吧？人家是象徵『三位一體』的3，妳則是象徵魔鬼的6，看來這會是一場神魔大戰嘍。」白修羅繼續穿鑿附會。

到了開最後一張牌，他們還有一次加注的機會。文玥玥咬了咬唇拿起聖經，決定再進行一次神聖占卜。

「『眾人都是自己有餘，拿出來投在捐項裡，但這寡婦是自己不足，把他一切養生的都投上了。』」文玥玥喃喃地誦讀經文，「這是……叫我All in的意思嗎？」

白修羅嘴角的笑意更深了，「『你若能信，在信的人，凡事都能』，如果妳眞的不是魔鬼之女，這正是妳展示對神的信心的好機會。」

文玥玥緊緊捏著聖經，直到指關節泛白，最終下定了決心。

她深吸口氣，把面前的所有寶石往彩池一推，「All in。」

白修羅的眼睛彎成兩道縫，做出與文玥玥相同的動作，「All in。」

場面的氣氛緊繃到了極致，猶如被疊至只剩下最後兩張牌的撲克牌金字塔，只要有一點風吹草動，便會立刻倒塌。

彷彿要揭開命運女神的面紗一樣，文玥玥將她的最後一張牌輕輕翻過來。

出人意表的，那竟然是一張梅花6。

白修羅一臉驚訝，與文玥玥志得意滿的表情形成強烈對比。

「『要得智慧，要得聰明，不可忘記，也不可偏離我口中的言語』——這是神在上個回合給我的啟示。」

文玥玥堅定地說。

「所以我明白要贏，就得聰明起來。你一直以爲我是個好捏的軟柿子，於是我利用了這一點，讓你以爲我只有兩張6。我的牌是『葫蘆』，如果你的最後一張牌是3的話也可以湊成『葫蘆』，但點數會比我的少，這局我贏了。」

「這樣說似乎有點過早了。」白修羅細長的眼睛瞇了起來。

「什麼？」

「人家還沒開最後一張牌呢。」

在白修羅掀開最後一張牌的瞬間，文玥玥的臉垮了下來。

「怎、怎可能會有這種事……你是惡魔！你才是眞正的惡魔！」

文玥玥盯著白修羅的最後一張牌，精神錯亂似的尖叫起來。

只見那張牌上畫著一個形象滑稽的男人，頭上分叉的尖帽猶如惡魔的雙角，正是撲克牌裡的小丑。

有了被稱爲「百搭牌」的小丑，白修羅的牌型便從「兩對」躍升爲「A葫蘆」，比文玥玥的「6葫蘆」更勝一籌。

「居然忘記了小丑這張牌，妳也太大意了。」

玩家文玥玥失去所有寶石，請用輪盤決定懲罰內容。

白修羅翻開聖經的其中一頁，嘴角往上勾，「『那迷惑他們的魔鬼被扔在硫磺的火湖裡，就是獸和假先知所在的地方。他們必晝夜受痛苦，直到永永遠遠。』看來這次人家可以看到銅牛了？」

文玥玥臉色發青，她的雙腿失去了力量，整個人軟倒在地。

「所謂銅牛就是金屬製的牛，製作者將中間留空，把受刑人關進裡面，再於銅牛下方生火，一直到把人烤熟爲止。最讓人讚歎的地方是牛嘴留了一個洞，除了讓受刑人能呼吸外，更重要的是用來聽他們的慘叫聲。據說因爲牛嘴設計得很特殊，所以慘叫聲聽起來就像音樂一樣優美悅耳……哎唷！」

白修羅還沒說完，文玥玥已閉上眼睛，拿出美工刀割向自己的脖子，卻被人抓住了手腕。

「『不要爲人愚昧，何必不到期而死呢？』」李宥翔淡淡地說，「如果妳真的曾經相信，那就不要輕易放棄。」

文玥玥抬頭看著他，淚水潸潸而下，「可、可是……」

「如果妳眞的無法下手，這珠子我替妳擲可以嗎？」

文玥玥猶豫片刻，緩緩地點了點頭。

李宥翔轉動輪盤中間的圓盤，再將珠子投進去。

三人緊盯著珠子的去向，只見珠子先是在外圍的軌道不斷繞圈，失去動力後便滾落至中間的盤子裡，當見到它最後停在「安全」的格子時，文玥玥的身體一下子放鬆，癱坐在地。

會議室的門「喀嚓」一聲打開，文玥玥站了起來，紅著臉小聲對李宥翔說：「謝謝你……謝謝。」

目送文玥玥拿著她的聖經離開，白修羅似笑非笑地調侃李宥翔：「原來你喜歡這一型？爲了她特地把桌子弄成稍微傾斜，還眞是用心良苦啊。」

正如白修羅所說，李宥翔剛才確實是看準了時機，使用「四大元素」之一的土元素將其中一隻桌腳下方的地板變成泥沼。當桌子斜向一邊後，珠子就更容易滾進「安全」的格子裡。

但白修羅有一點說錯了，李宥翔並非對文玥玥有特別的意思，幫她只是爲了挫一挫白修羅的銳氣。

「如果你要舉發我作弊的話，那儘管去做吧。」李宥翔說，「只是我記得，作弊的定義是使用不正當手段贏取寶石。」

「爲什麼你要把人家想得這麼壞？」白修羅苦笑，「人家只是想稱讚你手法高明而已。不過這下子『安全』這個選項消失了，要是我們之中有人失去所有寶石，那就只有死路一條了呢。」

「這不在我的考慮之內，反正我是用不到輪盤的。」李宥翔不爲所動。

白修羅微微一笑，「眞有自信哪，那麼我們快開始下一回合吧。」

李宥翔目前持有三百二十二顆寶石，白修羅持有兩百九十八顆，雙方可說是旗鼓相當。難得遇見了好對手，白修羅原本想玩久一點，然而他曉得不能再浪費時間了。

「Call。」

「Raise。」

「Call。」

「Fold。」

「Fold。」

「……」

過了幾個回合，雙方的寶石數量仍沒有太大變化，兩人都有預感這會是一場持久戰。白修羅瞥了眼牆上的鐘，不由得煩躁起來。

一如以往，李宥翔維持著精準的計算和判斷力，臉上沒有半點波瀾，讓白修羅幾乎有種自己不是在跟人類玩牌的錯覺。

他心裡清楚，如果不把李宥翔那副冷靜的面具剝下，他就無法敲開勝利的大門。

來到第四十四回合，白修羅在收到底牌後，半是故意半是不小心地把牌弄掉在地上，而且剛好在李宥翔腳邊。

白修羅歉然一笑，「不好意思，可以麻煩你幫人家把牌撿起來嗎？」

「我沒有義務幫你撿牌。」李宥翔回絕，「我也不會偷看你的牌，你這樣做並沒有意義。」

白修羅心裡偷偷嘆了口氣，表面上依舊滿臉堆笑。

「眞是無懈可擊哪。」

接下來，他不斷使用各種方法擾亂李宥翔的節奏，引誘對方做出錯誤決定，然而這些小手段毫無效果。

逼不得已，他只好祭出更大的餌食。

來到第五十回合的開牌階段，白修羅用摻了蜜糖般的語氣問：「那個……這個回合要不要在寶石以外再加一點好玩的賭注呢？」

「什麼賭注？」

「假如你贏了這回合，可以叫人家做一件事……任何你能想到的事。」

李宥翔沉默了一下，「如果我輸了呢？」

「也相同。」白修羅微笑，「你放心，人家絕對不會叫你自殺或自殘，或者交出撲克牌。怎樣？要加注嗎？」

李宥翔不置可否，「首先，這份額外的賭注毫無約束力，我不認爲你會遵守承諾，其次，再不出十分鐘……不，五分鐘，你便會從這裡消失，我沒必要在這種時候節外生枝。」

白修羅蛇眼般細長的眼睛稍稍睜大，眼中閃過一絲隱約的光芒。

「原來你發現了……什麼時候的事？」

「大概是從你提到外面刮著大風開始吧。進入這個會議室前，我記得外面的風雨是暫歇的。這裡沒有任何窗戶，你不可能知道外面天氣的變化，除非『你』正身處於看得到外界的地方。還有，這個遊戲明明沒有時間限制，你卻頻頻看鐘，而且還急於跟我一決勝負，顯然是感受到了時間壓力。此外，面對殘酷的死亡還能談笑風生，恐怕是因爲你明白自己即使輸光寶石也不會死……要繼續說下去嗎？」

白修羅舉起雙手作投降狀，「既然你早就發現了，爲什麼不立刻舉發呢？」

「要是你太早消失，我就得自己逐一對付其他人了。」李宥翔仍是一貫雲淡風輕的語氣，「再說我並非百分之百地確定……直到看見你剛才的反應爲止。」

「看來你眞的不只是拿得一手好牌，也玩得一手好牌呢。」白修羅輕嘆。

整場牌局裡，李宥翔幾乎沒正眼瞧過白修羅，聽了這句話後卻終於看著他了。

兩人已經開了四張牌，現時的牌面皆是「一對」，關鍵落在最後一張牌。

白修羅把手指搭在牌上，輕輕地打著拍子，「關於剛才的賭注，人家決定要改一點內容。」

「改什麼？」

「如果你輸了，人家只要求一件事，那就是……跟人家結盟，互相合作到撲克遊戲結束為止。」

「跟一條毒蛇結盟，這樣輸的代價未免太大了。」

「你也可以利用這條毒蛇咬殺敵人啊，別看人家這麼弱質纖纖，人家可是很會打架的喔。」

揭開彼此最後一張牌的瞬間，白修羅露出了勝利的微笑。

下一秒，白修羅——應該說白修羅的生靈——便像滴在水裡的墨一樣，逐漸暈開、變淡、柔化，最後完全消失。

遊戲結束，玩家李宥翔獲勝，可獲得「紅心國王」，請打開賭桌的抽屜。

約莫三分鐘後，李宥翔帶著紅心國王和死去玩家身上的所有撲克牌，以及一張寫著關於「王牌五條」異能的紙條離開了會議室。

當他踏進走廊，某處隨即傳來一道帶著笑意的戲謔嗓音。

「國王陛下。」

李宥翔並未轉頭去看那名蛇一樣的少年，僅是淡淡說了句：「走吧。」

結伴同行的兩人，前進的方向是舊校舍，一扇畫了巨大「♠」符號的門扉正在那裡等待著他們——

後記 Playing a poor hand well

各位讀者好，我是夜間飛行。很高興再次與您見面，拙作能夠被您閱讀，實在令我深感榮幸。本次後記涉及重要的劇透，建議先看完正文再行閱讀。

正如《塔羅遊戲》裡曾經提到的，撲克牌其實是源自塔羅牌的一種紙牌遊戲，同樣的，《撲克遊戲》亦是延續自《塔羅遊戲》的故事。

最初構思《撲克遊戲》的規則時，我曾想過讓每位玩家只獲得一張固定的撲克牌，當兩名玩家相遇時會觸發對戰，花色和數字較大的一方即可獲勝。

持有黑桃A的人理應是全場最強的玩家，但其實不然，持有方塊2的人本應是最弱的玩家，卻意外發現自己可以跟其他玩家湊成「牌型」，並且以此戰勝了孤身一人的黑桃A玩家，反弱爲強。於是玩家們開始積極尋找能夠結成牌型的對象，或拉攏或排擠，或威逼或利誘，無所不用其極。

然而因爲這樣的遊戲規則不好發揮，最終我摒棄了上述劇情，採用了另一種玩法。此外，在番外的「紅心國王」關卡裡，設定亦曾經作出更動。

「酷刑五張換」的籌碼原本不是寶石，而是人體器官，玩家名副其實的是用生命作爲賭注。舉例來說，當一名玩家要下注時，他說的不是「我要下注十顆寶石」，而是「我要下注一顆腎臟」或是「我要下注一條大腸」。

這樣的設定雖然頗具噱頭，實際寫起上來卻不易拿捏，於是我改成了另一種版本。

在《塔羅遊戲》中，韓品儒和宋櫻建立了初步的關係，在《撲克遊戲》裡，這段關係則是得到了昇華。

本集一開始，韓品儒表現得消極悲觀，幸得宋櫻的鼓勵，這才得以振作起來。之後宋櫻的犧牲成爲了重要的轉捩點，對他產生了難以磨滅的影響。

由於在「黑桃國王」的關卡裡被怪物附身，韓品儒犯下了種種罪行，同樣是因爲宋櫻，他才能夠擺脫怪物的糾纏，尋回眞正的自我。

韓品儒雖然擁有善良的內心，但他自己並不清楚這份特質的可貴之處。所以在遭受打擊後，他開始質疑自己曾經相信的事物，當受到煽惑時，更是容易被乘虛而入。

韓品儒的黑化某種程度上是源於宋櫻，因此亦只有宋櫻能點破他的迷津，幫助他走出困境。宋櫻對韓品儒的善良予以欣賞和肯定，並且提醒了他，唯獨堅守良知和信念，才能體現出一個人眞正的價值。

而宋櫻除了維持她一貫堅強獨立的作風，也流露出了較爲溫柔的一面。在結尾的部分她對韓品儒說的一番話，是全書我最喜愛的臺詞之一。

此外，在本作中，韓品儒與昔日好友李宥翔時而合作、時而對抗，不過韓品儒明顯仍對這位舊友保留著情誼，充分表現出他重視友情的一面。

至於新角色白修羅是除了主角群以外，唯一一位通關遊戲的玩家。白修羅和李宥翔的性格大相逕庭，但在共同的利益下，卻組成了一對出人意表的搭檔。白修羅個性獨特，顯得玩世不恭、隨心所欲，這亦是他的魅力所在。

本書得以付梓，實在有賴思涵編輯親切的指引和專業的建議，在此再次致上我的敬意。同時再次感謝繪師SUI為本書的封面插畫操刀，以柴郡貓造型登場的顏莉佳非常狡黠可愛，結合了《愛麗絲夢遊仙境》元素的撲克牌亦極富特色，如此精緻萬分的封面實在很值得大家收藏。

此外，在創作本書的過程中，我也有幸獲得多位文友給予寶貴的意見，特別感謝兌現在我構思系列名稱時提供了重要的靈感。

主角們將在《將軍遊戲》裡繼續他們的旅程，衷心希望後續的作品也能獲得您的青睞。

夜間飛行

附錄　撲克牌異能一覽表

牌型/異能	組合方式	異能描述
王牌五條/破格者	四張A加上小丑	持有者可在三名破關者之外，額外指定一名除了自身以外的玩家進入下輪遊戲。如該玩家已死亡，可復活。
皇家同花順/EAT ME	五張同花色連續牌（A、K、Q、J、10）	持有者會變成自身的十倍大小，最多可維持十五分鐘，冷卻時間一小時。
同花順/四大元素	五張同花色連續牌	持有者可控制風、水、火、土四種元素，造成攻擊、治療、防禦、困敵四種效果。每種元素各使用四次後，需經過三十分鐘冷卻時間才可再使用。
四條/生物時鐘	四張相同點數的牌加上一張隨意的牌	持有者可逆轉包括屍體在內任何有機物的時間，並回復到之前的狀態。總共最多可逆轉十二小時，但不能用在持有者本人和曾經持有的人身上，亦不能用在曾經使用或用其他方式復活的人身上。

牌型/異能	組合方式	異能描述
葫蘆 /人形獵犬	三張相同點數的牌加上兩張其他相同點數的牌	持有者可將死者變成絕對服從的獵犬，但同一時間最多只能控制兩具，而且只能讓他們做簡單的指令。破壞獵犬腦部會讓他們回復成死者，若持有者死亡亦會回復成死者。冷卻時間兩小時。
同花 /幻人斬	五張不按順序但花色相同的牌	持有者可把條狀物變成太刀，只限持有者本人使用，如果離手便會恢復原狀。 持刀期間受到的傷害將減半，而且不會感受到痛楚。
順子 /雙生靈	五張按照順序的撲克牌	持有者可製造出一個自己的「生靈」，其行動範圍必須在本尊方圓二十公尺以內，超過範圍便會消失，最多可維持三小時。 生靈若受傷不會影響到本尊，生靈若死亡，本尊雖不會死，但要經過六小時冷卻時間才能再製造生靈。
三條 /結界增殖	三張相同點數的牌加上兩張不同點數的牌	持有者可在室內展開結界，把人困在裡面，即使走到出口也會回到結界內，最多可維持三小時，冷卻時間同樣爲三小時。 持有者使用能力時需身處同一空間，除非持有者死亡、離開空間或達到冷卻時間，否則沒有人能從結界脫身。

兩對／鍊金固化	兩對數字相同但花色不同的牌加上一張隨意的牌	持有者可把特定無機物轉換成另一種硬度較高的無機物，物品的體積不能超過三立方公尺。轉換效果五分鐘，冷卻時間一小時。
一對／第一人稱實況	兩張數字相同的牌加上三張無法組合的牌	持有者可用手機以第一人稱視角觀看其他玩家的即時實況，觀看時間最多五分鐘，冷卻時間十分鐘。
散牌／命運共同體	不能組成以上牌型的牌	持有者可選擇一名玩家作爲「命運共同體」，使用時需以手機鏡頭對著目標，鏡頭會自動捕捉人臉，但不適用於面具或屍體。 結爲「命運共同體」的兩名玩家，如果其中一方受傷或被殺，另一方也會遭受相同的傷害，在效果消失後也不能回復。 使用時間沒有限制，但解除後如要再次使用，需先經過一小時的冷卻時間。
小丑／連環殺手	小丑牌	持有者戴上系統提供的小丑面具後，可得到一把只限持有者本人使用的手槍和一千發子彈。只要面具完好無缺，便可擁有一次瀕死復活的機會。 此外持有「小丑」後即無法登錄其他撲克牌，並須殺死最少十五名玩家才能勝出遊戲。若最初的持有者死亡，之後的持有者將不會獲得「連環殺手」異能。

國家圖書館出版品預行編目資料

撲克遊戲 / 夜間飛行著. -- 初版. -- 臺北市；城邦原創出版：英屬蓋曼群島商家庭傳媒股份有限公司城邦分公司發行, 2021.04
面； 公分. --（Play or die系列 ; 2）

ISBN 978-986-06165-2-1（平裝）

857.7 110005351

撲克遊戲（Play or Die系列02）

作　　者／夜間飛行
企畫選書／楊馥蔓
責任編輯／陳思涵

行銷業務／林政杰
總 編 輯／楊馥蔓
總 經 理／伍文翠
發 行 人／何飛鵬
法律顧問／元禾法律事務所　王子文律師
出　　版／城邦原創股份有限公司
台北市南港區昆陽街16號4樓
電話：(02) 2509-5506　傳真：(02) 2500-1933
E-mail：service@popo.tw
發　　行／英屬蓋曼群島商家庭傳媒股份有限公司城邦分公司
聯絡地址：台北市南港區昆陽街16號8樓
書虫客服服務專線：(02) 25007718・(02) 25007719
24小時傳眞服務：(02) 25001990・(02) 25001991
服務時間：週一至週五09:30-12:00・13:30-17:00
郵撥帳號：19863813　戶名：書虫股份有限公司
讀者服務信箱 email：service@readingclub.com.tw
城邦讀書花園網址：www.cite.com.tw
香港發行所／城邦（香港）出版集團有限公司
地址：香港九龍土瓜灣土瓜灣道86號順聯工業大廈6樓A室
email：hkcite@biznetvigator.com
電話：(852)25086231　傳眞：(852) 25789337
馬新發行所／城邦（馬新）出版集團 Cité(M)Sdn. Bhd.
41, Jalan Radin Anum, Bandar Baru Sri Petaling,
57000 Kuala Lumpur, Malaysia.
電話：(603) 90563833　傳眞：(603) 90576622
email:services@cite.my

封面插畫／SUI
封面設計／Gincy
印　　刷／漾格科技股份有限公司
電腦排版／陳瑜安
經 銷 商／聯合發行股份有限公司
客服專線：(02)2917-8022　傳眞：(02)2911-0053

■ 2021 年 4 月初版
■ 2024 年 8 月初版 4.6 刷
Printed in Taiwan

定價 / 280元

ISBN　978-986-06165-2-1

POPO城邦原創 www.popo.tw　城邦讀書花園 www.cite.com.tw